KB266822

맛있는
인천 섬,
사계절의
식탁

맛있는 인천 섬,
사계절의 식탁

열두 달의 맛과 자연,
역사로 읽는 섬 기행

초 판 1쇄 2026년 03월 27일

지은이 김용구
펴낸이 류종렬

펴낸곳 미다스북스
본부장 임종익
편집장 이다경, 김가영
디자인 윤가희, 임인영, 윤영빈
책임진행 이예나, 안채원, 김은진, 국소리, 송가희

등록 2001년 3월 21일 제2001-000040호
주소 서울시 마포구 양화로 133 서교타워 711호, 808호
전화 02) 322-7802~3
팩스 02) 6007-1845
블로그 http://blog.naver.com/midasbooks
전자주소 midasbooks@hanmail.net
페이스북 https://www.facebook.com/midasbooks425
인스타그램 https://www.instagram.com/midasbooks

ISBN 979-11-7355-827-6 03810

값 20,500원

미다스북스는 다음세대에게 필요한 지혜와 교양을 생각합니다.

맛있는 인천 섬, 사계절의 식탁

열두 달의 맛과 자연,
역사로 읽는 섬 기행

김용구
지음

미다스북스

“바다에 가거든 잊지 마라.
파도가 너를 부수러 온 것이 아니라,
네 안의 모난 돌을 깎아주러 온 것임을.”

– 안도현, 「바다에 가거든」 중에서

“배를 만들게 하고 싶다면
배 만드는 법을 가르치지 말고,
저 끝없는 바다에 대한 동경을 심어주어라.”

- 앙투안 드 생텍쥐페리,『성채(Citadelle)』중에서

사계절 만나는
섬 이야기

산골 소년이 인천으로 전학 온 날 세상이 완전히 달라 보였다. 교실 창문 너머로 보이는 건 산이 아니라 바다였고, 반 아이들은 저마다 자기 섬 이야기를 쏟아냈다. "우리 섬에는 말이야."그렇게 시작하는 친구들의 자랑에 나는 그저 듣기만 했다. 섬이라니. 바다 한가운데 떠 있는 땅이라니. 그곳은 내게 미지의 세계였고 당장이라도 달려가고 싶은 곳이었다. 선생님의 향토사 수업은 그 갈망을 더 키웠다. 인천 앞바다에 점점이 박힌 섬들과 그곳에서 살아온 사람들의 이야기가 산골 소년의 가슴 깊이 새겨졌다. 그날부터 나는 섬을 꿈꾸기 시작했다.

섬을 처음 찾은 건 한참 뒤였다. 후배를 만나러 승봉도에 갔을 때였다. 배에서 내려 이일레 해수욕장을 마주한 순간 가슴이 쿵쾅거렸다. 끝없이 펼쳐진 모래사장, 햇살에 반짝이는 파도, 바람에 실려 오는 바다 냄새. 후배와 함께 대나무를 잘라 광어를 잡았고, 밤에는 초크 그물을 들고 바다로 나갔다. 모래밭에 모닥불을 피우고 기타를 치며 노래를 부르면서 우리는 각자의 꿈을 이야기했다. 섬은 그렇게 내 삶 속으로 들어왔다. 그때서야 교실에서 섬을 자랑하던 친구들의 얼굴이 떠올랐다. 이제야 알겠더라. 그들이 왜 그토록 자기 섬을 자랑했는지.

14년쯤 전, 섬 관련 연구용역에 참여하면서 덕적도를 찾았다. 송은호 어르신은 인천 앞바다의 역사를 생생하게 들려주셨고 조홍준 어르신은 연평도 조기가 사라진 사연을 말씀해 주셨다. 그분들의 목소리에는 기쁨도, 슬픔도, 아쉬움도 담겨 있었다. 나는 그저 듣기만 했지만 큰 충격으로 다가왔다. 그때부터 시간을 쪼개 섬을 찾아다녔다. 일손을 놓고 인터뷰에 응해주신 어르신들께 지금도 감사하다.

러시아 학자 프로프는 '구전문학은 귀중한 역사 자료'라고 했다. 맞는 말이다. 섬의 어르신들은 우리 현대사의 증인이자 살아 있는 도서관이었다.

섬에는 역사가 있다. 조기잡이 배들이 모여들던 연평도, 청일전쟁의 시발점이 된 풍도, 피란민들이 머물렀던 덕적도. 섬마다 사람들의 삶이 켜켜이 쌓여 있다. 그 역사를 듣다 보면 우리가 어디서 왔고 어디로 가야 할지 조금은 알 것 같다.

네덜란드 법학자 휴고 그로티우스는 '바다는 만인의 공유물'이라고 했다. 섬도 다르지 않다. 섬의 삶과 역사를 기록하는 일이 중요한 이유는 그것이 한 사람이나 한 지역만의 이야기가 아니라 우리 모두의 이야기이기 때문이다. 바다는 육지의 연장이며 자원의 보고다.

무엇보다 섬에는 휴식이 있다. 파도 소리를 들으며 걷는 해변, 낙조와 함께하는 오후, 별빛 아래 앉아 있는 밤. 섬에 가면 시간이 천천히 흐른다. 복잡한 생각들이 바람에 날아가고 마음이 고요해진다.

2022년에 『당신이 몰랐던 인천 섬 이야기』를 출간했을 때, 많은 분이 "너무 어렵다."라고 했다. 조금 더 쉽게, 조금 더 가까이 섬 이야기를 전하고 싶었다. 경기신문에 2023년 7월부터 2025년 10월까지 연재한 글들을 모아 이 책을 엮었다.

구성은 일반 연구서와 조금 다르다. 옛날 서해가 육지였다는 이야기, 해류, 갯벌, 섬에 새겨진 역사, 자연환경 다섯 가지 주제를 바탕으로 하되 딱딱한 이론서가 아니다. 계절마다 섬에서 맛보는 음식, 그때그때 잡히는 물고기, 봄이면 캐는 산나물, 여름 해변의 풍경, 가을 갯벌의 생명들, 겨울 바다의 이야기를 함께 담았다. 섬의 자연과 역사가 우리 삶과 어떻게 이어져 있는지 계절의 흐름 속에서 자연스럽게 느낄 수 있도록 했다.

이 책을 읽는 여러분이 섬에 가고 싶어지길 바란다. 배를 타고 바다를 건너 섬에 발을 딛는 순간의 설렘을 느끼길 바란다. 그곳에서 역사를 만나고 자연을 만나고 무엇보다 자기 자신을 만나길 바란다. 산골 소년이 인천으로 와서 섬을 꿈꾸었듯이 여러분도 이 책을 통해 섬을 꿈꾸게 되기를. 그리고 언젠가 그 꿈을 실현하여 섬에서 진짜 희망을 찾게 되기를 바란다.

끝으로 부족한 원고의 출간을 허락해 주신 미다스북스 류종렬 대표
님, 읽어주고 교정해 준 안채원님께 깊이 감사드린다.

2026년 봄 김용구

수억 년 세월이 빚은
서해의 숨결

인천 앞바다를 바라보다가 불현듯 궁금해졌다. 서해는 언제부터 바다였을까? 날마다 곁에 두고도 그 깊은 사연을 떠올리는 사람은 드물다. 이 바다는 어느 날 갑자기 생겨난 것이 아니라 상상을 초월하는 긴 시간이 빚어낸 작품이다.

지금으로부터 46억 년 전, 지구는 지금과는 전혀 다른 모습이었다. 표면은 온통 용암으로 뒤덮여 있었고 물의 흔적이라곤 찾아볼 수 없었다. 그런데 지금 우리 앞에 이토록 넓은 바다가 펼쳐져 있다. 이 바닷물은 도대체 어디서 비롯된 걸까?

첫 번째 단서는 우주에 있다. 얼음덩어리를 품은 혜성과 소행성이 수백만 년에 걸쳐 지구로 쏟아졌고, 충돌의 열기로 녹아내린 얼음은 수증기가 되어 대기를 채웠다. 그리고 그 수증기는 결국 비가 되어 땅 위로 내려앉았다.

두 번째 단서는 지구 내부에 있다. 화산이 폭발할 때마다 뿜어져 나온 수증기가 대기 중에 쌓였고 온도가 낮아지면서 비로 변해 대지를 적셨다. 그 빗물이 낮은 곳으로 모이고 또 모여 마침내 바다라는 이름을 얻게 되었다. 두 가지 이야기 모두 우리의 시간 감각으로는 쉽게 가늠하기 어려운 세월을 배경으로 한다. 그렇게 탄생한 바다는 이후로도 쉬지 않고 변해왔다. 육지를 품기도 하고, 육지에 자리를 비켜주기도 하면서 긴 지구의 역사와 함께 흘러왔다.

섬들은 언제부터 거기 있었을까?

지금 인천 앞바다에 떠 있는 섬들이 놀랍게도 원래는 육지였다. 지구가 탄생한 이래 불과 2만 년 전만 해도 서해는 바다가 아니라 드넓은 평원이었다. 빙하기였던 그때, 지구의 물 대부분이 얼음으로 얼어붙으면서 해수면이 지금보다 150m나 낮았다. 당시 해안선을 따라가면 대만과 오키나와까지 이어진다. 대만과 오키나와도 육지였다는 말이다. 우리 조상들은 그 땅을 걸어 다녔다.

그러다 기온이 오르기 시작했다. 얼음이 녹았고, 바닷물이 서서히 육지를 향해 밀려왔다. 약 8천에서 6천 년 전쯤, 바닷물은 지금 우리가 보는 높이까지 차올랐다. 낮은 평원은 물속에 잠기고 높았던 언덕과 산은 물 위로 고개를 내밀었다. 그게 지금 우리가 보는 서해 섬들이다. 이렇게 서해가 탄생하였다.

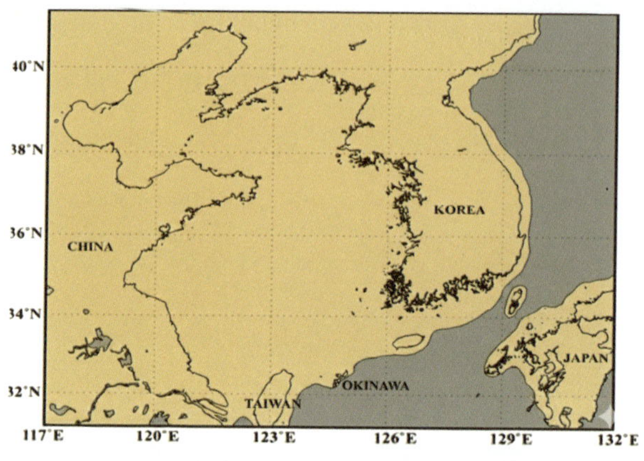

〈사진: 서해 육지〉 나노 바나나로 제작

백령도와 대청도에 가면 10억 년 전 암석을 만날 수 있다. 스트로마톨라이트Stroma=층 혹은 침대, -lite=돌 또는 암석라는 화석도 발견된다. 지구에 생명이 처음 나타났을 무렵 원시 미생물들이 만들어낸 흔적이다. 자월면 대이작도에는 더 놀라운 것이 있다. 한반도에서 가장 오래된 암석, 25억 년 전의 돌이 그곳에 있다. 인천 섬들은 이렇게 긴 시간을 품고 있었다.

해류와 갯벌

우리나라 남쪽으로 들어오는 난류는 쓰시마 해협을 지나온 해류이다. 제주도 남쪽에서 두 갈래로 나뉘어 하나는 대만 난류, 쓰시마 난류를 거쳐 황해난류를 통해 서해로 들어온다, 다른 하나는 동해로 흘러간다. 동해로 들어간 물은 또다시 갈라져서 일본 쪽과 우리 동해안을 따라 북상한다.

서해로 흘러든 난류 덕분에 소청도와 대청도는 특별한 기후를 누린다. 서울이나 인천보다 위도가 높은 곳에 있지만, 겨울 기온은 오히려 2~3℃ 정도 더 높으며 여름에는 반대로 2~3℃ 낮아 시원하다. 비슷한 예로 영국 런던위도 51.5°N은 서울위도 37.5°N보다 약 1,000km나 북쪽에 자리하고 있다. 하지만 2024년 1월 평균 기온을 보면 런던은 4.7℃, 서울은 0.9℃로 런던이 훨씬 따뜻하며 영하로 떨어지는 일도 거의 없다. 이 역시 대서양을 건너온 난류가 영국 근처까지 흘러가면서 생긴 현상이다. 이를 해양성 기후라고 한다.

백아도와 소청도, 대청도에는 특별한 나무가 자란다. 동백나무다. 원래 남쪽 지방에서나 볼 수 있는 나무이다. 남쪽에서 올라오는 따뜻한 난류 때문이다.

3월 초, 육지는 아직 쌀쌀한데 소청도에서는 벌써 봄나물이 돋아난다. 따뜻한 물이 만든 기적이다. 바다는 육지와 다르게 섬의 기후를 바꾸고 생활도 변화시킨다.

바닷가에 서서 파도를 보면 바다가 숨을 쉬는 것 같다. 실제로 바다는 하루에 두 번씩 크게 숨을 들이쉬고 내쉰다. 밀물과 썰물이다. 이 신비한 현상은 우주에서 시작된다. 지구와 달, 태양이 서로 끌어당기는 힘 때문에 바닷물이 오르락내리락한다. 음력 보름(15일)과 그믐음력 29일 또는 30일 무렵에 특별한 일이 벌어진다. 지구와 달, 태양이 일직선으로 늘어서면서 물의 움직임이 가장 강해지는 사리 때가 온다. 만조 때 수위가 가장 높고 간조 때 바닥이 드러날 정도로 바닷물이 많이 빠진다. 서해는 평균 수심이 45m 정도로 얕아서 물이 빠지면 갯벌이 넓게 펼쳐지고 밀물과 썰물의 차이가 유난히 크다.

갯벌은 어떻게 만들어졌을까. 산과 들의 바위가 오랜 세월 부서지면서 작은 알갱이가 되어 강물을 타고 바다로 흘러간다. 큰 모래는 해변에 쌓이지만, 먼지처럼 고운 입자들은 물속을 떠다닌다. 이 미세한 입자들이 밀물과 썰물을 따라서 왔다 갔다 하면서 조금씩 쌓여 갯벌이 된다. 서해의 완만한 지형과 낮은 수심, 큰 조수 간만의 차가 만나 세계 5대 갯벌 중 하나를 만들었다.

갯벌에는 조개, 게, 갯지렁이 같은 수많은 생명이 살고 있다. 사람들은 갯벌에서 나오는 생물들을 먹고 산다. 시베리아에서 동남아시아로 이동하는 철새들에게 서해 갯벌은 꼭 들러야 하는 휴게소다. 지친 날개를 쉬고 배를 채운 뒤 다시 긴 여행을 떠나는 곳이다. 소청도 국가철새연구센터 조사에 따르면 우리나라에 기록된 새 537종 가운데 325종 이상이 이곳 소청도를 지나간다고 한다.

바다가 기억하는 아픈 역사

우리가 매일 지나치는 인천 앞바다. 잔잔한 물결 아래에는 수많은 이야기가 숨 쉬고 있다.

1894년 7월 25일, 풍도 앞바다는 평온했다. 동학농민전쟁으로 혼란스러웠던 조선이 청나라에 도움을 요청해서 청나라 군함들이 아산으로 향하고 있었다. 그런데 일본은 이미 이 사실을 알고 아산 근처에 숨어

기다리고 있었다.

임무를 마치고 돌아가던 청나라 함선들에 갑자기 포격이 쏟아졌다. 한 척은 바닷속으로 가라앉았고, 다른 한 척은 간신히 도망쳤다. 이것이 청일전쟁의 시작이었다. 서해의 평화로운 바다는 풍도 근처에서 전쟁터가 되었다.

10년이 흐른 1904년 2월, 인천 바다는 다시 한번 전쟁의 무대가 되었다. 이번에는 러시아와 일본이었다. 제물포항에 정박해 있던 러시아 군함 두 척에 일본 함대가 먼저 포격을 가했다. 팔미도 앞바다에서 펼쳐진 전투는 처음부터 불공평했다. 일본 함선 열네 척과 러시아 함선 두 척. 러시아 수병들은 끝까지 싸웠지만 결국 패배했다. 부상자를 외국 함선에 보낸 뒤에 자신들의 배를 스스로 침몰시켰다. 적의 손에 넘어가느니 차라리 바다와 함께하겠다는 선택이었다. 당시 러시아 포탄이 인천시립박물관 야외에 전시되어 있다.

한국전쟁이 끝난 뒤에도 인천 바다의 이야기는 계속되었다. 정전협정에서 육지의 경계선은 분명했지만 바다의 경계는 모호했다. 그래서 만들어진 것이 북방한계선NLL:Northern Limit Line이다. 1999년 제1연평해전, 2002년 제2연평해전, 2009년 대청해전, 2010년 연평도 포격. 우리가 뉴스에서 듣던 이 사건들이 모두 바로 이 인천 앞바다에서 일어난 일이다.

우리가 살고 있는 서해

서해는 2만 년 전만 해도 육지였다. 빙하기가 끝나고 8천~6천 년 전쯤 바닷물이 차올라 지금의 모습이 됐다. 제주 남쪽에서 갈라진 따뜻한 난류가 서해로 흘러들어오면서 소청도와 대청도 같은 섬에는 남쪽 식물인 동백나무가 자란다.

서해는 평균 수심이 45m 정도로 얕아서 물때에 따라 드넓은 갯벌이 드러나고 밀물과 썰물의 차이도 유난히 크다.

인천 앞바다는 청일전쟁, 러일전쟁부터 한국전쟁 이후 NLL까지, 연평해전과 연평도 포격 등 우리나라 근·현대사의 중심지였다.

목차

PART 1

바다가 만든 섬의 시간

PART 2

봄, 섬이 깨어나는 식탁

PART 1
바다가 만든
섬의 시간

> "서해는 비어 있음으로써 가득 찬다. 밀물이 오면 넉넉한
> 바다를 내어주고, 썰물이 지나면 풍요로운 땅을 드러낸다."
> – 서해 갯벌의 격언

1

10억 년 시간이
살아 숨 쉬는 섬

서해 끝자락에 북한 땅이 보일 듯 말 듯한 곳에 특별한 섬들이 있다. 백령도, 대청도, 소청도. 이 섬들은 그저 아름다운 풍경을 가진 관광지가 아니다. 발밑에서 10억 년이라는 상상할 수 없는 시간이 켜켜이 쌓여 있는 살아 있는 지질 박물관이다.

2019년 6월, 환경부는 백령도의 두무진, 용트림 바위, 진촌 현무암, 콩돌해안, 사곶해변과 대청도의 서풍받이, 검은낭, 옥죽동 해안사구, 농어 해변, 미아 해변, 그리고 소청도의 분바위와 월띠(스트로마톨라이트 포함)를 국가지질공원으로 공식 지정했다. 한국에서 쉽게 만날 수 없는 지질학적 보물을 품고 있다는 증거다. 모두 합쳐 $66.86km^2$백령도 $51.17km^2$, 대청도 $12.78km^2$, 소청도 $2.91km^2$가 지질공원 구역이 됐다. 면적만 봐선 평범한 숫자 같지만 그 속엔 지구가 간직해온 놀라운 비밀들이 숨 쉬고 있다.

지질 공원으로 인정받은 명소들을 하나씩 찾아가는 건 그 자체로 시간 여행이다. 백령도의 두무진은 오랜 세월 파도와 바람이 조각한 기암

<사진: 대청도 농어 해변>

괴석들이 장관을 이룬다. 용트림 바위는 마치 용이 승천하는 듯한 모습
이며 진촌현무암은 화산 활동의 흔적을 생생하게 보여준다.

대청도의 서풍받이, 검은낭, 소청도의 분바위까지. 이곳 명소는 각각
다른 이야기를 품고 있다. 어떤 곳은 10억 년 전 변성퇴적암을 보여주
며 어떤 곳은 화산의 흔적을 간직하고 있다.

〈사진: 소청도 스트로마톨라이트〉

바위에 새겨진 생명의 흔적

소청도 동쪽 해안가에 가면 신기한 바위를 만날 수 있다. 언뜻 보면 그저 평범한 바위 같지만, 자세히 들여다보면 얇은 층이 겹겹이 쌓여 있는 게 보인다. 이것이 바로 스트로마톨라이트다. 이름이 어렵게 느껴지나 사실은 아주 단순한 생명체가 만든 흔적이다. 지구에 처음 나타난 생물 중 하나인 단세포 미생물들이 살면서 작은 퇴적물 알갱이를 하나씩 쌓아 올렸다. 그 미생물들이 죽고, 또 새로운 미생물들이 그 위에 살면서 다시 퇴적물을 쌓고. 이 과정이 수천 년, 수만 년 반복되면서 만들어진 것이 바로 이 층층이 쌓인 바위다.

소청도의 스트로마톨라이트는 소중하다. 여기서 우리나라 최초로 박테리아 화석이 발견되었기 때문이다. 6억 년에서 10억 년 전, 원생대 후기의 화석. 우리나라에서 가장 오래된 생명의 증거가 소청도에 있다. 그 시절엔 아직 공룡도, 나무도, 풀도 없었다. 오직 이 작은 미생물들만

이 바다에서 살아가던 시대였다. 우리나라는 소청도에서 생명의 기원
이 시작되었다고 할 수 있다.

<사진: 분바위>

소청도에는 또 하나의 특별한 바위가 있다. 사람들은 이것을 '분바위'
라고 부른다. 하얗게 빛나는 대리석이 해안가에 드러나 있는데, 주변
검은 바위들과 대비되어 정말 눈부시게 아름답다. 이 역시 오랜 세월
동안 압력과 열을 받아 변성된 석회암이다. 마을 사람들은 옛날 등대가
없는 시절에는 등대 역할을 했다고 한다.

일제강점기 때, 일본인들은 이 아름다운 대리석을 건축 재료로 쓰려
고 채석했다. 레일을 깔아 바위를 실어 날랐고 배에 실으려고 부두 근
처에 콘크리트 시설을 만들었다. 지금도 그 흔적이 남아 있다. 1939년

부산일보 기사에는 소청도 석회석이 연간 3만여 원어치나 생산되어 일본에서 고급 건축 재료로 사용되고 있다는 내용이 실렸다.

70~80년대에도 대리석 채취는 계속되었다. 처음엔 정 하나로 조금씩 캐내다가 나중엔 착암기와 압축기를 동원해 대량으로 가져갔다. 소청도 주민 이은철 씨는 어릴 적 광산 인부들에게 도시락을 배달했던 기억을 떠올렸다. 지금도 섬 곳곳에는 대리석을 캐낸 자국이 선명하게 남아 있다.

2009년 11월, 스트로마톨라이트와 분바위는 천연기념물 제508호로 지정되었다. 이제는 함부로 캐낼 수 없는 우리가 모두 지켜야 할 자연 유산이 된 것이다.

섬마다 다른 지질 이야기

재미있는 사실은 이 세 섬의 지질이 제각각 다르다는 점이다. 소청도는 북한의 기린도, 창린도, 순위도와 같은 지질계통에 속한다. 실제로 해방 전 기린도에서 석회석이 많이 생산되었다고 하니 같은 지질이라는 게 증명되는 셈이다. 반면 백령도와 대청도는 북한 옹진반도와 함께 상원계라는 다른 지질에 해당한다.

한 바다 위에 나란히 떠 있는 섬들인데 전혀 다른 암석으로 이루어져 있다고 하니 신기하지 않은가. 이것은 이 섬들이 만들어진 시기와 과정이 달랐음을 보여준다. 마치 서로 다른 시대에서 온 손님들이 한자리에 모여 있는 것 같다.

서해 끝자락의 섬들. 그곳에는 10억 년의 시간이 켜켜이 쌓여 있고, 우리나라 생명의 기원이 시작된 곳. 교과서에서만 보던 지질학적 증거들이 바로 우리 발밑에 살아 숨 쉬고 있다.

이 섬을 찾아간다면 그저 아름다운 풍경만 보지 말고 바위 하나하나에 새겨진 지구의 역사를 들여다보면 어떨까.

섬 노트

지질공원 해설사가 있어 'bdgeopark.kr'에서 예약하면 전문 해설이 가능하다. 백령도·대청도·소청도를 왕복하는 차도선이 백령도에서 하루 2회 운항하여 대청도, 소청도 여행이 가능하다.

2 울도

보물선을
찾아 떠난 섬

바다를 바라보고 있으면 가끔 이런 생각이 든다. 저 깊은 물속에는 어떤 이야기들이 잠들어 있을까? 우리나라는 삼면이 바다로 둘러싸여 있으며 특히 서해 밑에는 수천 년의 시간이 만든 비밀 창고가 있다. 배가 침몰하면 갯벌이 그 모습을 고스란히 간직하기 때문이다. 전문가들은 우리나라 바다 밑에는 약 3천 척의 배가 바다 밑 어딘가에서 우리를 기다리고 있을 거라고 말한다.

인천시 옹진군 덕적면에 속한 작은 섬, 울도 바닷속 서남방 1.8km 지점에 청일전쟁 당시 침몰한 고승호라는 배가 잠들어 있다. 그리고 그 배 안에는 지금 돈으로 따지면 엄청난 가치의 은덩이가 함께 묻혀 있다고 한다.

세상에 알려진 보물선의 존재

때는 1894년. 조선에서 동학농민운동이 일어나자 청나라와 일본은 앞다투어 군대를 보냈다. 그해 7월 25일, 청나라 함대가 임무를 마치고 중국 여순항으로 돌아가던 중이었다. 풍도 앞바다에서 일본군이 갑자기 공격을 시작했고 청나라 군함들도 맞서 싸웠다. 이것이 바로 '풍도 해전'이다. 청일전쟁의 서막이 시작되었다.

이 해전에서 청나라 군함 '광을'은 바닷속으로 가라앉았고, '제원'은 심하게 부서진 채 겨우 여순항으로 돌아갔다. 그리고 고승호는 포탄을 맞고 도망치다가 덕적면 울도 앞바다에서 침몰하고 말았다.

이 배의 존재가 세상에 알려진 건 생각보다 오래전 일이다. 1935년 신문 기사에는 바닷속에 거액의 은덩이가 잠들어 있다는 내용이 실렸다. 고승호는 영국 소유의 상선으로 청나라가 막대한 보증금을 걸고 빌려 쓴 배였다고 한다. 하지만 본격적으로 발굴 작업이 시작된 건 2001년부터였다. 한 기업이 인천지방해양수산청에 매장물 발굴 신청을 냈고 조건부로 승인을 받았다.

발굴은 총 세 차례 진행됐다. 2001년 봄부터 여름까지 두 번, 그리고 2002년 가을 한 번. 당시 발굴 팀장의 기억에 따르면 현장 상황은 이랬다고 한다.

잠수부들이 물속으로 들어가 보니 주변이 마치 무덤처럼 솟아 있었다. 제일 높은 곳에서 35m 정도를 파 내려가자 드디어 고승호의 모습이 드러났다. 수심은 22~30m. 생각보다 깊었다. 모래가 1.3m, 그 밑에 진흙이 6.7m나 쌓여 있었고 아래에 고승호가 있었다.

발굴팀은 먼저 배의 위치를 정확히 파악한 뒤 부표를 띄웠다. 설계 도면을 검토하고 사전 조사를 마치고 본격적인 작업에 들어갔다. 잠수부들이 오르내릴 줄을 설치하고 어떻게 발굴할지 함께 머리를 맞댔다. 후드 펌프라는 장비를 빌려서 하루에 약 1만m³ 모래와 진흙을 퍼냈다고 한다. 그렇게 발굴된 것 중에는 은덩이도 있었고, 유골도 열 구 정도 나왔다. 총기류도 많았다. 2차 작업 때는 맥주병과 포도주병도 발견됐다.

흥미로운 점은 고승호가 군함이 아니라 해상보험에 가입된 상선이었다는 사실이다. 군함은 보험 가입할 수 없기 때문이다. 그런데도 이 배에는 독일제 구리 대포가 무려 14문이나 장착되어 있었다. 배에는 군인뿐 아니라 독일인들도 타고 있었다. 일부 생존자들은 태안까지 헤엄쳐 나왔고, 이후 항일의병 활동에 참여했다고 한다.

울도에 사는 주민들의 기억 속에도 보물선 이야기는 남아 있다. 보물선을 찾으러 온 사람들이 섬에 숙소를 정하고 작업했던 기억, 배에서 금은보화가 많이 나왔다는 소문, 그 이후로도 몇 번씩 외지에서 온 잠수부들이 찾아왔던 일들.

2015년 봄부터 여름까지 인천시립박물관에서는 '고승호, 끝나지 않은 항해'라는 특별전이 열리기도 했다. 바닷속에서 건져 올린 유물들이 사람들에게 그 시절의 이야기를 들려준 것이다.

법적으로 바다 밑 매장물은 원래 주인이 없는 경우 인양한 사람이 80%의 소유권을 갖는다. 하지만 원래 주인이 있거나 문화재로 인정되면 이야기가 달라진다.

서해에는 아직도 수많은 배들이 잠들어 있다. 최근에 영흥도에서 통

    맛있는 인천 섬, 사계절의 식탁

〈사진: 울도 정상에서 본 덕적군도〉 사진 제공: 황규석

일신라시대 선박이 발견되어 화제가 됐다. 지금까지 나온 고선박 중 가
장 오래된 것으로 평가받았다. 대이작도에서는 도자기를 비롯한 유물
이 발견되기도 했다.

언젠가 울도에 발을 딛게 된다면, 정상에 올라 서남쪽 바다를 바라보
길 바란다. 중국을 향해 나아가는 화물선들이 수평선 위에 점처럼 떠
있는 그 바다 밑에서, 고승호는 130년이 넘는 세월을 소리도 없이 잠
들어 있다. 평온하고 아름다운 바다는 말이 없지만 울도의 바람만은 그
깊은 고요 속에 무엇이 묻혀 있는지를 알고 있다.

섬 노트

울도 정상에 올라 내려다보는 덕적군도의 풍경은 인천 섬 최고의 절
경으로 손꼽힌다. 바다 깊이 고요히 잠든 고승호를 품은 이곳은 빼어
난 자연과 역사가 함께 깃든 인천 섬 여행의 으뜸 명소다. 마을에서
울도 정상까지는 약 2시간 정도 걸린다.

3

사라진 조기 어장
: 연평도

옛날부터 연평도 바다는 특별한 곳이었다. 매년 봄이 오면 수백만 마리의 조기 떼가 이곳을 찾았다. 제주도 남쪽 깊은 바다에서 긴 겨울을 보낸 조기들은 곡우24절기의 하나로 음력 3월 중순가 지나갈 무렵이면 북쪽을 향해 이동하기 시작했다. 그들은 본능적으로 알고 있었다. 연평도 근처 바다가 산란하기 가장 좋은 곳이라는 것을. 조기들은 3월 말쯤 전북 위도 앞바다에 잠시 머물렀다가 4월 말에서 5월 중순 사이 연평도로 향했다. 이 시기가 되면 조기들은 신기한 습성을 보였다고 한다. 바다 밑바닥 가까이에서 떼를 지어 헤엄치다가 갑자기 물 위로 뛰어올랐다. 그러면서 개구리 울음소리 같은 소리를 냈다. 마치 자신들의 도착을 알리는 것처럼.

조기가 오는 철이 되면 연평도는 완전히 다른 섬으로 변했다. 평소 3천 명 남짓한 인구가 사는 조용한 섬이었지만 조기잡이 철이 되면 하루아침에 1만 5천 명이 넘는 사람들이 모여들었다. 1,500척이 넘는 어선들이 빽빽하게 정박했고 배들은 이중 삼중으로 줄지어 섰다. 항구에는 발 디딜 틈도 없었다.

일제강점기 우리나라 조기 어획량을 보면 1924년 36,144톤에서 계속 증가하여, 1939년 78,863톤으로 최고를 기록한다. 지금으로서는 상상하기 어려운 숫자다. 당시 조기는 정말 흔한 물고기였으며 바다는 넉넉했고 연평도는 돈으로 넘쳐났다고 한다.

남북한 충돌과 어로허용선 등장

그런데 문제가 하나 있었다. 조기가 알을 낳는 최고의 장소는 연평도 북쪽 바다였다. 대수압도, 소수압도 섬 주변이었다. 바로 그곳이 북방한계선 북쪽에 해당하는 지역이었다. 1953년 휴전협정으로 북방한계선 북쪽으로는 갈 수 없었지만 조기를 잡기 위해 선을 넘었다.

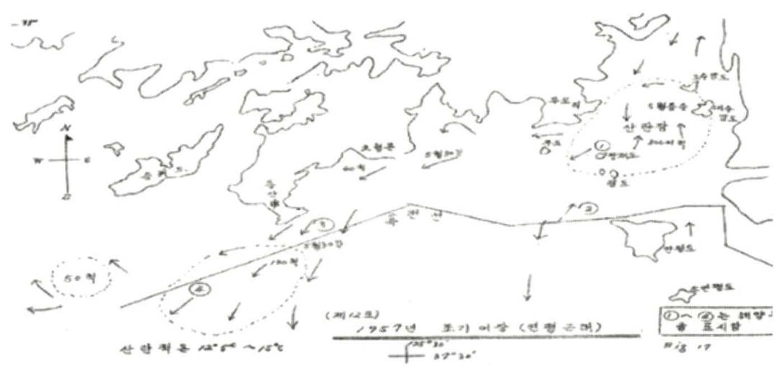

〈사진:1957년 연평도 조기 어장〉 사진 제공: 국립수산과학원

지도에서 볼 수 있듯이, 1957년 5월 중순 무렵 북방한계선 너머 북한 대수압도와 소수압도 일대에 무려 800척의 배가 있었다. 5월 30일경에는 북한 등산곶 아래 북방한계선 주변 해역에서 130척의 배가 조업 중이었다. 조기는 야행성이라 밤에 더 많이 잡혔기 때문에 어부들은 밤이면 북쪽 바다로 나갔다. 경계선이 있다는 것을 알면서도 조기가 있는 곳으로 갈 수밖에 없었다. 먹고살기 위해서였다. 충돌은 피할 수 없었다. 1955년 5월 10일, 조기잡이를 하던 우리 어선에 기관총 소리가 울려 퍼졌다. 북한의 공격이었다. 그 뒤로도 배들이 납치되는 일이 계속 이어졌다. 1958년 다복호, 1959년 대창호와 다섯 척의 배, 1964년 보성 1·2호, 1966년에는 다섯 척이 한꺼번에 사라졌다. 바다는 더 이상 평화롭지 않았다.

결국 우리 정부에서는 어민들을 보호하기 위해 어로허용선초기는 어로저지선을 만들었다. 어민들이 넘어가서는 안 되는 선이었다. 어로허용선은 1964년, 1967년, 1969년 세 차례에 걸쳐 점점 남쪽으로 내려왔다. 어민들이 조업할 수 있는 바다가 점점 좁아진 것이다. 그 결과는 참담했다. 1964년 연평도에서만 16,777톤이나 잡혔던 조기가 1969년에는 6,181톤으로 줄었다. 5년 만에 3분의 1 수준이 된 것이다. 1974년에는 4,140톤까지 떨어졌다. 1969년 신문 기사는 어로허용선이 남하하면서 2만 명의 영세 어민이 피해를 볼 것이며 연간 5억 6천만 원의 손실이 예상된다고 보도했다. 당시로서는 엄청난 금액이었다. 세 번에 걸쳐 어로허용선이 남하하자 연평도에서는 조기가 잡히지 않앉다. 사람들은 하나둘 떠나기 시작했다. 연평도 어로 지도본부도 1968년 연평도에서 철수했다. 배를 가진 사람들은 덕적도 북리로 옮겨 갔다. 연평도는 조용해졌다. 봄이 와도 예전처럼 배들이 가득 메우는 일은 없었다.

섬이 기억하는 것

조기가 사라진 이유를 달리 보는 시각도 있다. 1960년대에 그물을 수직으로 세워 조류에 실어 보내는 유자망, 동력선으로 바다 밑을 훑으며 물고기를 잡는 기선저인망 같은 새로운 어법들이 잇따라 도입되면서 지나치게 많이 잡아들인 것이 원인이라는 것이다. 어쩌면 그 말이 맞을지도 모른다. 물고기를 잡을 수 있는 바다는 점점 좁아져 갔는데 잡아내는 능력만은 오히려 훨씬 강해졌으니까.

연평도 앞바다를 바라보면 그때 그 풍경이 아른거린다. 수평선까지 빽빽이 메웠던 수백 척의 배들, 밤마다 조기 떼를 쫓아 북쪽으로 향하던 불빛들. 만선의 함성과 파시의 활기로 넘쳐나던 그 항구는 한적한 포구가 되어버렸다.

하지만 연평도는 여전히 그 자리에 있다. 섬을 감싸는 바람과 파도는 여전하며 바다는 그대로이다. 다만 예전처럼 조기가 찾아오지 않을 뿐이다. 섬은 기억한다. 바다가 풍요롭던 모습과 사람들이 희망을 품고 이곳으로 몰려들던 시절을. 그리고 어느 순간 모든 것이 변해버린 그날을.

<사진: 연평도 조기 역사관>

섬 노트

연평도 조기역사관 2층 전망대에서는 북한 쪽 등산곶으로 넘어가는 낙조가 장관이다. 주변에 평화공원이 있으며 4월 말부터 5월 초까지 벚꽃이 만발해 또 다른 볼거리를 선사한다.

4

눈물의 연평도
: 노래 속에 남은 기억

가끔은 한 곡의 노래가 장소를 기억하게 만든다. 그리고 그 노래 속에는 누군가의 아픔과 기다림이 고스란히 담겨 있다. 연평도는 조기로 유명한 섬이었다. 바다가 주었던 풍요와 바다가 앗아간 슬픔이 모두 녹아 있는 연평도 이야기를 시작해 본다.

연평도는 우리나라에서 가장 풍성한 조기 어장이었다. 1960년대 연평도에서는 전국 조기의 절반 가까이가 잡혔다고 하니, 그 시절 바다의 풍요로움이 어느 정도였는지 짐작이 간다.

어쩌면 그때 연평도는 단순한 섬이 아니라 희망의 상징이었을지도 모른다. 바다가 주는 선물로 살아가는 사람들에게 그곳은 꿈을 이룰 수 있는 장소였다. 그래서 초등학교 교과서에도

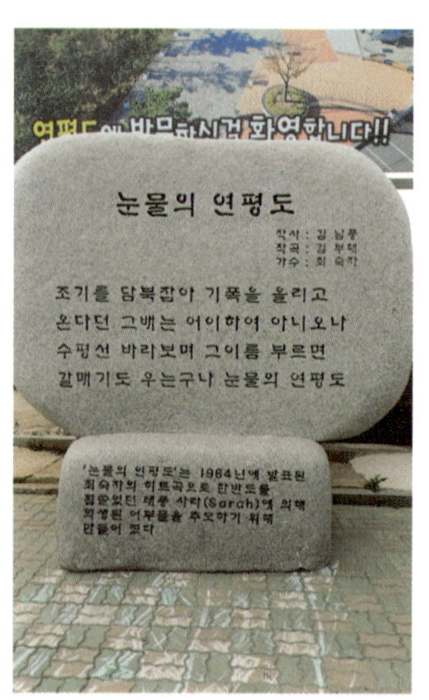

<사진: 눈물의 연평도 노래비>

실렸고 사람들은 연평도 조기를 최고로 여겼다.

1964년, 가수 최숙자가 부른 노래 한 곡이 온 나라를 뒤흔들었다. 제목은 〈눈물의 연평도〉이다. 조기를 잔뜩 싣고 돌아오겠다던 배가 돌아오지 않는다는 내용이었다. 수평선을 바라보며 그 이름을 부르면 갈매기도 운다는 구절, 등댓불만 깜박이는 백사장에서 그 모습을 그리워한다는 가사는 많은 사람들의 가슴을 아프게 했다.

노래 속에는 사라호 태풍이라는 이름이 등장한다. 하지만 여기에는 오해가 숨어 있다.

사라호 태풍은 실제로 1959년 추석에 우리나라를 강타해 엄청난 피해를 남겼다. 이 태풍은 주로 부산과 경남 등 남부 지방을 휩쓸었고, 연평도와는 거리가 있었다.

연평도에 정말 상처를 남긴 것은 1958년 그레이스 태풍이었다. 최대 풍속이 초속 85m에 달했던 이 무서운 태풍은 덕적도를 지나며 새우잡이 배들을 무참히 부숴버렸다. 작은 배들은 바람에 이끌려 북쪽으로 떠밀려가기도 했다. 1962년 8월 18일 자 신문에 이 태풍으로 143명의 어부와 27척의 배가 북한 해주항으로 떠밀려갔다가 간신히 돌아온 기록도 있다.

그런데 왜 노래에는 사라호 태풍이 등장했을까? 아마도 사라호 피해가 막대하여 사람들의 기억 속에 남아 있었기 때문일 것이다. 1959년 추석 명절에 닥친 이 태풍은 전국적으로 850명에 가까운 사망자와 37만

명이 넘는 이재민을 냈다. 특히 경상도 지역 어르신들에게는 지금도 최악의 태풍으로 기억된다. 그래서 노래를 만든 사람도 연평도의 슬픔을 표현하면서 자연스럽게 가장 유명했던 사라호를 떠올렸던 게 아닐까.

이별과 희망을 노래한 시인

〈눈물의 연평도〉의 실제 작사자는 김문응으로 한국음악저작권협회에 공식 등록되어 있다. 그러나 신세기 레코드사 사장 강윤수의 예명인 강남풍이 일부 음반과 자료에 작사가로 잘못 표기되면서 혼선이 생겼다.

김문응. 그의 삶을 들여다보면 왜 그의 노래에 이별과 슬픔이 많이 담겨 있는지 이해가 된다. 1916년 평안북도 선천에서 태어난 그는 시인 윤동주, 항일운동가 송몽규와 함께 연희전문학교를 다녔다. 평양 국립가극단에서 전속 작가로 활동하다가 6·25전쟁 전후 남쪽으로 내려왔다.

월남한 실향민이었던 그에게 이별은 일상이었을 것이다. 고향을 떠나온 아픔과 다시 만날 수 없는 사람들에 대한 그리움이 그의 작품 곳곳에 배어 있다. 〈눈물의 연평도〉 뿐만 아니라 〈방랑시인 김삿갓〉, 〈수덕사의 여승〉, 〈독도의 섬지기〉 같은 노래들도 모두 그의 손에서 탄생했다. 1980년대 대학가에서 불렸던 〈사노라면〉이라는 노래 작사도 그가 만들었다는 사실이 뒤늦게 밝혀졌다.

김문응의 노래들을 살펴보면 이별과 희망이라는 단어가 자주 보인다. 아마도 자신의 삶이 그랬기 때문일 것이다. 헤어짐의 아픔을 알지만, 언젠가는 다시 만날 수 있을 거라는 희망을 놓지 않았던 사람. 그래서 그의 노래는 슬프면서도 따뜻하다.

노래가 기억하게 만드는 것들

〈눈물의 연평도〉의 노래 가사는 역사적 사실과 조금 다를 수 있다. 노래 속 태풍 이름도 정확하지 않고 세부적인 상황도 실제와는 차이가 있을 것이다. 작가의 상상력이니까. 노래가 전하려는 것은 정확한 기록이 아니라 그 시절 사람들이 느꼈던 감정이다.

바다에 나간 가족을 기다리는 사람들의 마음, 돌아오지 않을지도 모른다는 불안감, 그럼에도 수평선을 바라보며 기다릴 수밖에 없는 절박함. 이런 감정들은 연평도뿐만 아니라 바다와 함께 살아온 모든 사람이 공감할 수 있는 것이다.

요즘 우리는 연평도를 여러 이유로 기억한다. 풍성했던 조기 어장의 역사도 있고, 현대에 일어난 안타까운 사건들도 있다. 하지만 〈눈물의 연평도〉라는 노래가 여전히 불리는 이유는 그 속에 담긴 보편적인 감정 때문이 아닐까. 기다림과 그리움, 상실과 희망. 시대가 바뀌어도 변하지 않는 인간의 마음이 거기 있다.

독도의 날을
만든 섬

10월 25일, 독도의 날을 기억하는가? 10월 25일이 독도의 날이라는 사실을 아는 사람은 많지만 왜 이날인지 아는 사람은 많지 않다. 1900년 10월 25일, 고종 황제가 칙령 제41호로 독도를 울릉도의 부속 섬으로 공식 명시한 날이기 때문이다. 그런데 이 역사적인 결정 뒤에는 인천 앞바다 소야도 출신의 한 인물이 있었다.

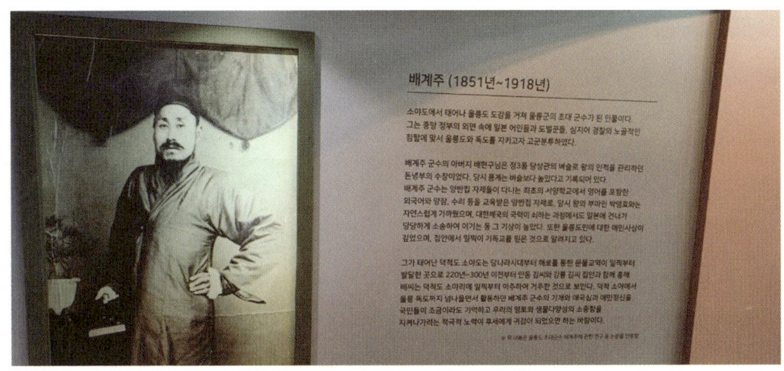

〈사진: 배계주 기념관〉

한 사람의 결단이 나라를 지킨 이야기

인천시 옹진군 덕적도 앞 소야도에서 출생한 인물이 있다. 바로 배계주라는 분이다. 그의 생가터와 묘소가 지금도 소야도에 남아 있다.

이야기는 1882년으로 거슬러 올라간다. 조선 정부는 그동안 사람의 출입을 막았던 울릉도의 해금을 풀었다. 1883년부터 사람들이 정식으로 울릉도에 들어가 살기 시작했다. 1895년에는 울릉도를 관리하는 도감이라는 직책도 만들었다.

문제는 도감에게 월급도 없고 일을 도와줄 사람도 없었다는 점이다. 울릉도로 들어온 개척민들에게는 세금을 면제해 주는 등 여러 혜택을 주었지만 정작 그들을 관리해야 할 도감은 맨손으로 일해야 했다. 열악한 환경이었다.

배계주는 1895년 초대 울릉 도감이 되었다. 그리고 울릉도가 처한 위기를 목격했다. 일본인들이 불법으로 울릉도에 들어와 나무를 마구잡이로 베어가는 것이었다. 특히 규목槻木:느티나무 종류이라는 귀한 나무를 대규모로 도벌해 갔다.

배계주는 가만히 앉아 있지 않았다. 직접 일본으로 건너가 법정에서 소송을 벌였다. 쉽지 않은 싸움이었을 것이다. 낯선 땅에서, 낯선 언어로, 상대의 본거지에서 당당히 맞서 싸웠다. 놀랍게도 그는 두 번 모두 승소했다. 당시로서는 상상하기 힘든 쾌거였다.

그는 여기서 멈추지 않았다. 울릉도에 학교를 세워 교육의 기반을 닦았다. 제염 사업으로 소금을 만들고 양잠 사업으로 비단을 생산하려 했다. 울릉도가 스스로 살아갈 수 있는 경제 구조를 만들려는 노력이었다. 본토와 울릉도를 오가는 배를 마련하는 일에도 힘썼다.

두 번째로 군수가 되었을 때는 울도군 절목이라는 통치 규범을 만들었다. 다른 지역의 좋은 제도들을 참고해서 울릉도에 맞는 새로운 규칙을 정비한 것이다. 한 사람의 헌신적인 노력이 섬 하나를 변화시키고 있었다.

1900년 10월 25일, 그날의 의미

배계주의 활동은 큰 결실을 보았다. 1900년 10월 25일, 고종 황제는 칙령 제41호를 발표했다. 울릉도를 울도 군으로 승격시키며 독도를 울릉도의 부속 섬으로 명확히 밝힌 역사적인 문서다. 배계주가 울릉도를 지키기 위해 보여준 노력과 성과가 이 결정에 큰 영향을 미쳤다.

지금 우리가 독도는 우리 땅이라고 말할 수 있는 그것은 이런 역사적 근거가 있기 때문이다. 10월 25일을 독도의 날로 정한 그것도 바로 이 칙령을 기념하기 위해서다.

2020년에는 칙령 제정 120주년을 맞아 배계주의 고향인 소야도에서 독도의 날 기념행사가 열렸다. 작은 섬에서 태어난 한 사람의 용기가 나라 전체의 역사를 바꾼 순간을 함께 기억하는 자리였다.

기억해야 할 이름

최근 소야도에 반가운 변화가 찾아왔다. 오랫동안 문을 닫았던 소야분교가 따뜻한 카페와 도자기 체험장으로 새롭게 태어난 것이다. 옛 교실은 추억을 간직한 채 아늑한 카페 공간으로 변신했다. 섬을 찾는 이들이 체험도 즐기며 교실에서 여유롭게 차 한 잔의 여유를 누릴 수 있게 됐다.

1층에는 작은 공간이지만 특별한 전시가 있다. 바로 이 섬 출신으로 울릉도 초대 군수를 지낸 배계주 기념관이다. 옹진군은 그의 생가터에 안내판을 세워 뜻깊은 흔적을 남겼다. 일부에서는 배계주의 이름을 딴 길을 조성하자는 목소리도 나온다. 잊혀 가는 그의 업적을 더 많은 사람들이 기억할 수 있도록 하자는 의미 있는 제안이다.

10월 25일 독도의 날이 다가오면 소야도를 한번 방문해 보면 어떨까. 새처럼 날아오르는 형상의 작은 섬에서, 독도를 지킨 거대한 이야기가 시작되었다는 사실을. 역사는 거창한 곳이 아니라 우리 주변 가까운 그곳에서 만들어진다는 것을. 그리고 한 사람의 용기가 얼마나 큰 변화를 만들 수 있는지를.

〈사진: 소야분교 카페〉

섬 노트

소야도는 인천에서 배를 타고 덕적도에 내린 후, 소야도행 마을버스
로 갈아타면 된다. 배계주 생가터는 큰말 정자 뒤편에 자리하고 있다.
소야분교 카페 소야랑, Soya-Rang 는 큰마을 입구 오른편 옛 소야분교 자리
에 들어서 있다.

바다가
갈라지는 섬

어렸을 때 성경 속 모세 이야기를 들으면서 바다가 갈라지는 장면을 상상해 본 적 있는가? 양쪽으로 쫙 갈라진 바다 사이로 사람들이 걸어가는 그 장면. 그런데 그런 일이 정말로 일어난다면 믿을 수 있을까? 인천 앞바다의 작은 섬, 소야도에서는 1년에 몇 번씩 이런 놀라운 일이 벌어진다. 실제로 이런 바다 갈라짐 현상은 우리나라 곳곳에서 볼 수 있다.

평소엔 바닷물에 잠겨 있던 길이 썰물 때가 되면 서서히 모습을 드러내면서 섬과 섬 사이를 연결해 준다. 마치 모세의 기적처럼 바다가 우리를 위해 특별히 길을 내어준 것 같다.

왜 이런 신기한 일이 생기는 걸까? 비밀은 달과 태양이 지구를 잡아당기는 힘 때문이다. 바닷물이 하루에 두 번씩 들어왔다 나갔다 한다. 이걸 밀물과 썰물이라고 부른다.

그런데 때로는 이 움직임이 평소보다 훨씬 더 강하게 일어날 때가 있다. 음력으로 보름이나 그믐 무렵, 달과 태양과 지구가 일직선으로 쭉 늘어서면 두 천체의 힘이 합쳐지면서 조수 간만의 차이가 엄청나게 벌어진다. 이때를 사리라고 한다.

특히 음력 7월 15일 무렵의 백중사리, 8월 15일 무렵 추석 사리가 1년 중에서도 가장 강력하다. 이 시기에는 해수면이 연중 가장 높이 올라갔다가 가장 낮게 내려간다. 그래서 평소엔 볼 수 없던 바닷속 풍경이 세상 밖으로 나온다.

기적처럼 나타나는 1.3km 바닷길

소야도는 덕적도에서 남동쪽에 있는 섬이다. 썰물이 시작되면 소야도 큰 마을 앞 바다에서 놀라운 일이 펼쳐진다. 바닷물이 점점 빠지면서 갓섬, 간뎃섬, 송곳여, 물푸레섬까지 이어지는 긴 길이 천천히 드러나 육지가 된다. 그 길이가 무려 1.3km나 된다. 처음엔 바다였던 섬이 점점 나타나고 육지로 변하기 시작하면 사람들이 걸어 다니는 것이다. 양옆으로는 여전히 바다가 넘실거리는데 그 사이로 길을 따라 걷는 기분이란 정말 묘하다.

바닷길을 걷다 보면 발밑에서 작은 움직임들이 느껴진다. 게들이 황급히 구멍 속으로 숨어들고 고둥들이 천천히 기어다닌다. 겨울에는 굴이 많이 나온다.

섬과 섬 사이를 걸으면서 뒤를 돌아보면 자기가 지나온 발자국이 남아 있다. 하지만 밀물이 다시 들어오면 그 발자국들은 모두 사라질 것이다. 뭔가 덧없기도 하면서 또 그게 자연스럽게 느껴지는 순간이다.

〈사진: 소야도 바다 갈라짐〉 사진 제공: 인천디자인지원센터 한경준 작가

바닷길 입구 왼쪽을 보면 재미있는 바위 하나가 눈에 띈다. 호랑이가 웅크리고 앉아 있는 모양이라서 호랑이 바위라고 부른다고 한다. 정말 누가 조각한 것처럼 호랑이를 닮았다. 파도와 바람이 오랜 세월 동안 만들어낸 작품이다. 마을 정자 앞에는 낙지 모양의 바위도 볼 수 있다. 자연이라는 예술가는 참 대단한 것 같다.

꼭 기억해야 할 것들

바닷길을 보러 가려면 반드시 점검해야 할 게 있다. 국립해양조사원 홈페이지에서 물때를 확인하는 것이다. 썰물 시간을 모르고 갔다가는 그냥 평범한 바다만 보고 돌아올 수도 있다.

바닷길이 열리는 시간은 매일 조금씩 다르다. 물이 가장 많이 빠지는 시간 전후로 2~3시간 정도가 황금 타임이다. 그때를 놓치면 다음 기회를 기다려야 한다.

그리고 바닷길을 걷다가 시간 가는 줄 모르고 너무 멀리 가면 안 된다. 밀물은 생각보다 빨리 들어온다. 돌아오는 길을 항상 염두에 두고 여유 있게 움직여야 한다. 자연은 아름답지만 때로는 위험할 수도 있으니까.

만약 소야도에서 바다 갈라짐을 주제로 한 축제가 열린다면 참 멋질 것 같다. 자연산 굴도 맛보고, 역사 이야기도 듣고, 바닷길도 걸어보는 그런 축제 말이다. 사람들도 잘 모르는 이 숨은 보석 같은 곳을 더 많은 이들이 알게 되면 좋겠다는 생각이 들었다.

7

섬의 마을공동체와 신앙
: 덕적도 최분도 신부 이야기

1960년대 중반, 인천의 작은 섬마을에 기적 같은 일이 일어났다. 환한 불빛이 켜지고 수도꼭지를 틀면 물이 콸콸 쏟아졌다. 병원이 들어서 아픈 사람들은 더 이상 육지까지 나가지 않아도 되었다. 이 놀라운 변화의 중심에는 미국에서 건너온 최분도 신부가 있었다. 1962년 연평도 본당 주임으로 부임한 그는 서해의 작은 섬을 찾아다니며 주민들의 삶을 바꿔놓았다.

최분도 신부의 공동체 활동

섬사람들의 가장 큰 고통은 아픔이었다. 배가 아프거나 다리가 부러져도 갈 곳이 없었다. 육지까지 나가는 그것이 제일 큰 문제로 그러는 사이 목숨을 잃는 사람도 많았다. 최분도 신부는 이런 상황을 그냥 두고 볼 수 없었다. 1964년, 그는 낡은 미군 함정 한 척을 구해 병원선으로 개조했다. 이름은 바다의 별. 그 배에는 의사와 간호사가 타고 있었고, 엑스레이 촬영 기계는 물론 간단한 수술까지 할 수 있는 시설을 갖추고 있었다.

바다의 별은 덕적도 주변의 문갑도, 백아도, 울도 같은 더 작은 섬들을 오가며 환자들을 실어 날랐다. 그렇게 치료받은 사람이 7만 명이 넘는다고 하니 섬사람들에게 바다의 별은 그야말로 떠다니는 희망이었다.

병원선이 환자를 데려오면 덕적도에 있는 복자 유베드로 병원에서 본격적인 치료가 이루어졌다. 최신 시설에 낮은 진료비 덕분에 멀리 전국에서도 사람들이 찾아왔다고 한다. 섬이라는 외딴곳에서 이런 일이 벌어졌다는 게 믿기지 않을 정도다.

섬에서 가장 큰 문제는 먹을 것이었다. 땅이 좁아 농사를 지을 곳이 부족했다. 최분도 신부는 1962년 가톨릭구제회의 지원을 받아 바닷가에 제방을 쌓기 시작했다. 바다를 막아 농경지로 만드는 간척사업이었다. 공사에 참여하는 사람들에게는 밀가루를 나눠주었는데, 그냥 주는게 아니라 일한 대가로 주었다. 노동의 가치를 깨닫게 하기 위해서였다.

그렇게 시작한 서포2리 간척사업은 전체의 90%를 완성한 뒤 1971년 정부에 넘겨졌고 나머지는 국가가 마무리했다. 이 공사로 27만 평의 땅이 새로 생겼고 덕적도 주민들은 4개월 치 식량을 더 생산할 수 있게 되었다.

당시 덕적도에는 전기가 없었다. 해가 지면 깜깜한 어둠뿐이었다. 신부는 병원과 사제관에서 쓰려고 30kw 작은 발전기를 돌렸는데, 그것마저도 미안한 마음이 들었다. 그래서 부산에 있는 미군 레이더 기지에서 큰 발전기를 구해왔다. 사람들은 하루 종일 그 발전기를 질질 끌어 마을까지 올렸다. 그렇게 해서 발전기 두 대를 얻어서 덕적도 서포리에 처음으로 전기가 들어왔다. 민영 발전을 시작하였다. 당시 내무부 자료를 보면 마을 850호에 592kw의 전기가 민영 발전으로 공급된다고 하였다. 스위치를 누르면 불이 켜지는 그 순간, 섬사람들은 얼마나 감격했을까.

최분도 신부는 농한기인 여름에 땅을 파고 파이프를 묻어 상수도를 만들었다. 수도꼭지를 틀면 물이 콸콸 나오는 그 편리함은 지금 우리는 너무 당연하게 여기지만 당시 섬사람들에게는 놀라운 기적이었다.

〈사진: 최분도 신부 공덕비 제막식〉
사진: 고 서재송

신부는 또 연평도와 덕적도 사람들을 선발해 포자 양식 기술을 배우게 했다. 김 양식을 시작한 것이다. 서울대 해양학과 교수들까지 초청해서 김 한 장에 얼마나 많은 영양이 들어 있는지 분석하고 그걸 홍보 자료로 만들었다.

바닷가에 남은 기억

그 결과 덕적도와 주변 섬들에는 천주교 신자가 크게 늘었다. 1989년 옹진군지 기록을 보면 덕적도와 인근 섬 주민의 45%가 천주교 신자였다고 한다. 신부가 선교를 열심히 해서가 아니고 그가 보여준 삶 자체가 사람들을 움직였기 때문일 것이다.

　1971년 6월, 최분도 신부는 국민훈장 동백장을 받았다. 그해 청와대까지 다녀왔다. 어떤 사람들은 이때 덕적도에서 일어난 일들이 새마을운동에 영감을 주었다고 말하기도 한다. 진위는 알 수 없지만 한 사람의 헌신과 마을공동체의 협력이 얼마나 큰 변화를 만들어낼 수 있는지를 보여주는 사례임은 분명하다.

　사목을 마치고 최분도 신부가 덕적도를 떠날 때, 주민들은 그를 기리기 위해 공덕비를 세웠다. 지금도 그 비석은 서포리 해수욕장에 서 있다. 소나무가 우거진 공원에 조용히 서 있는 그 비석을 보면 60년 전 이 섬에서 벌어진 일들이 결코 먼 옛날이야기가 아니라는 걸 느끼게 된다.

　요즘 우리는 공동체니, 협동이니 하는 말을 많이 한다. 하지만 정작 그게 무엇인지, 어떻게 만들어지는지는 잘 모르는 경우가 많다. 덕적도 이야기는 그 답을 보여준다. 마을공동체란 거창한 계획서나 예산으로 만들어지는 게 아니다. 마을의 문제를 서로 인식하고, 필요한 그것을 함께 고민하며, 한 사람 한 사람이 자기 몫의 땀을 흘릴 때 비로소 만들어진다.

<사진: 덕적도 서포리 해송>

덕적도 성당 왼쪽에는 옛 유베드로 병원이 남아 있고, 이곳은 천주교 기념관이 조성될 예정이다. 덕적도 서포리 해수욕장의 소나무 숲은 차박 캠핑을 즐기는 이들에게 사랑받는 명소다. 차량은 차도선을 이용하면 된다.

바위에 새겨진
신비로운 얼굴

인천 연안부두에서 배를 타고 1시간 40분. 창밖으로 펼쳐지는 서해를 바라보다 보면 어느새 작은 섬 하나가 눈에 들어온다. 대연평도 아래 조용히 자리한 소연평도다. 이름처럼 소박하고 평화로운 이 섬에는 자연이 수천 년 동안 공들여 만든 놀라운 작품이 숨어 있다.

바위에 새겨진 신비로운 얼굴

소연평도에 가면 꼭 봐야 할 게 하나 있다. 바로 '얼굴 바위'다. 제주도나 월출산에도 얼굴처럼 생긴 바위들이 있지만 소연평도의 얼굴 바위는 좀 특별하다. 거대하고 웅장한 느낌이 아니라 묘하게 친근하며 섬세하다.

〈사진: 소연평도 얼굴바위〉

가까이 다가가서 바위를 자세히 들여다보면 신기한 광경이 펼쳐진다. 눈, 코, 입이 뚜렷한 사람의 옆모습이 두세 개씩 겹쳐서 나타나는 것이다. 파도와 바람이 오랜 시간 동안 조금씩 조금씩 깎아내고 다듬어서 만든 작품 같다. 어떤 조각가가 만들었다 해도 믿을 만큼 얼굴 윤곽이 생생하다.

예전에는 배에서 멀리 바라보거나 위험한 바윗길을 조심조심 걸어야 했다. 하지만 요즘은 옹진군에서 나무 데크를 만들어 누구나 안전하게 얼굴 바위 앞까지 갈 수 있다. 덕분에 더 가까이에서 자연이 만든 신비를 마주할 수 있게 됐다. 이곳은 낚시꾼들 사이에서도 소문난 명당이다.

얼굴 바위 근처에서 동쪽을 바라보면 서해5도 중 하나인 우도가 보인다.

우도는 6·25 휴전협정문에 서해 다섯 개 섬의 실효 지배에 관한 내용이 따로 명시될 정도로 군사적, 지리적으로 중요한 곳이다. 시선을 더 멀리 두면 강화군의 주문도, 볼음도가 한눈에 들어온다. 이 바닷길은 조선시대 백령도에서 중국 산둥반도로 가던 서해 항로의 길목이었다. 지금도 그 역사의 흔적이 바다 위에 남아 있는 것만 같다.

태고의 비밀을 간직한 섬

소연평도는 지질학적으로도 매우 귀한 섬이다. 선캄브리아기라는 아주 오래전 시대의 암석들로 이루어져 지구의 먼 옛날이야기를 품고 있다. 섬 가운데 우뚝 솟은 연화봉에는 티타늄이 많이 섞인 자철 광산이 있었는데 1900년대 초부터 2001년까지 광물을 캤다고 한다. 지금도 소각장 근처 해안가에 가서 바위에 자석을 갖다 대면 딱 달라붙는 재미있는 경험을 할 수 있다.

더 놀라운 건 이 작은 섬에서 신석기 시대 사람들이 살았던 흔적이 발견됐다는 사실이다. 조개껍데기가 쌓인 더미에서 토기와 석기, 그물추 같은 것들이 나왔는데, 수천 년 전 이곳 사람들이 바다에서 얼마나 풍요롭게 살았는지 짐작할 수 있다.

소연평도는 섬 모양이 둥글다. 섬 둘레길을 따라 천천히 걸으면 2시간이면 돌 수 있다. 마을을 지나 10분쯤 걸으면 갈매기들이 옹기종기 모여 사는 갈매기섬이 나타난다. 그 길을 조금 더 가면 동네끼미 해변이 나온다. 제주도 삼양 해변보다는 작지만, 검은 모래사장이 펼쳐진다. 화산재와 오랜 시간의 풍화작용이 만들어낸 풍경이다.

일상을 벗어나 만나는 평온

소연평도는 예전에 대연평도와 함께 꽃게로 유명했다고 한다. 지금도 몇 척의 어선들이 꽃게를 비롯해 여러 생선을 잡고 있다. 이곳이 원산지라고 알려진 에누리 나물은 소연평도만의 자랑거리다.

소연평도에서 바라보는 낙조는 정말 아름답다. 특히 행정복지센터 팔각정에서 보는 석양은 특별하다. 해가 서해 북방한계선을 넘어 북한 등산곶 쪽으로 넘어가는 모습은 이곳에서만 볼 수 있는 귀한 풍경이다.

복잡한 일상에서 벗어나 조용하고 평화로운 그곳을 찾는다면 소연평도를 추천한다. 당일치기로도 충분히 즐길 수 있으며 태고의 신비로운 자연을 온몸으로 느낄 수 있는 곳이다.

바다가 빚어낸 얼굴 바위 앞에 서 있으면 자연의 시간이 얼마나 느리고 깊은지 생각하게 된다. 수천 년 동안 파도와 바람이 조금씩 깎아낸 바위, 신석기 시대부터 사람들이 살아온 섬, 그리고 지금도 조용히 하루를 살아가는 사람들. 소연평도는 그렇게 과거와 현재가 자연스럽게 이어지는 곳이다.

섬 노트

소연평도에는 민박집이 여러 곳 있다. 민박에서 하룻밤을 보내면 일몰과 일출을 모두 누릴 수 있다. 식사는 미리 주문해 두는 것이 좋다. 4월 말이면 섬 둘레길에 벚꽃이 만개해 가벼운 트래킹을 즐기기 좋다.

〈사진: 소연평도 낙조〉

연안을 감싸는
안개

창밖으로 따스한 봄볕이 쏟아지는 날 문득 바다가 그리워진다. SNS에는 벚꽃 사진이 넘쳐나지만, 나는 파도 소리가 들리는 섬으로 떠나고 싶다. 하지만 봄철 3월 말경 섬 여행을 계획한다면 꼭 알아두어야 할 그것이 있다. 바로 '해무', 바다 안개라는 불청객이다.

해무는 바다에 낀 안개를 말한다. 그저 로맨틱한 풍경이라고 생각할 수 있으나 이 하얀 장막은 때로 여행자를 며칠간 섬에 고립시키기도 한다.

실제로 백아도를 여행하던 한 관광객은 갑자기 찾아온 짙은 안개 때문에 5일이나 섬을 빠져나오지 못했다. 처음에는 여유롭게 섬의 정취를 즐겼지만 시간이 지날수록 가져온 식량이 바닥나고 배편은 계속 끊겼다. 결국 민박집 주인에게 외상으로 식료품을 구해 버텨야 했다는 이야기가 전해진다.

〈사진: 해무〉 나노 바나나 제작

봄철에는 왜 유독 안개가 많을까?

봄철 바다 안개가 유독 자주 나타나는 이유는 육지와 바다의 온도 차이 때문이다. 3월이면 육지는 벌써 봄기운이 완연하다. 햇살도 따뜻하고 기온도 빠르게 증가한다. 하지만 바닷물은 어떨까? 겨울 내내 차갑게 식은 바다는 봄이 와도 쉽게 따뜻해지지 않는다. 물은 공기보다 온도 변화가 훨씬 느리기 때문이다. 육지의 따뜻하고 습한 공기가 이동하여 차가운 해수면을 만나면 냉각되어 안개, 해무를 만든다. 이를 냉각무라고 한다.

2023년 인천 지역 자료를 보면 이런 차이가 선명하게 드러난다. 3월 인천 시내 평균 기온은 8.1℃였지만, 같은 시기 바다 수온은 6.6℃에 불과했다. 4월에는 육지 온도가 12.7℃로 크게 올라가는 동안 바다 수온은 11.1℃에 머물렀다. 이 차이가 바로 안개를 만드는 핵심 재료다.

육지의 기온은 급격하게 상승하는 반면, 바다는 부피가 커서 서서히 온도가 올라간다. 마치 따뜻한 입김이 겨울 창문에 닿으면 김이 서리는 것처럼 말이다. 이렇게 만들어진 수많은 물방울이 하늘과 바다 사이를 가득 채우면 우리는 그것을 해무라고 부른다.

해무가 섬 여행에 얼마나 큰 영향을 미치는지는 배편 운항을 보면 알 수 있다. 2021년 인천에서 자월도, 이작도, 승봉도로 가는 배편의 지연 및 통제 비율을 살펴보면, 3월에는 24.7%나 된다. 4월도 24.0%로 비슷하다. 즉, 봄철에는 배, 네 척 중 한 척은 제시간에 출발하지 못한다는 뜻이다.

5월이 되면 20.4%로 조금 나아지나 한여름인 7월에도 18.3%의 지연율을 보인다. 여름철 해무는 또 다른 원리로 만들어진다. 뜨거운 여름 공기가 바다의 차가운 해류를 만나면서 기온 역전 현상이 일어나 안개가 생기는 것이다.

어선을 타는 어부들에게도 봄철은 조심스러운 시기다. 안개가 짙게 깔리면 앞이 보이지 않아 조업을 나가기 어렵다. 등대도, 다른 배도 보이지 않는 하얀 세상에서는 GPS에만 의존해야 하는데 이마저도 완벽하지 않다. 그래서 경험 많은 선장들도 해무가 짙은 날은 출항을 꺼린다. 남해안 해양 사고의 40%가 바로 3월 중순부터 4월 중순 사이에 몰려있다는 통계가 이를 증명한다.

섬으로 떠나기 전 꼭 알아두어야 할 것들

그렇다면 봄철 섬 여행은 포기해야 할까? 천만의 말씀이다. 다만 조금 더 꼼꼼하게 준비하면 된다.

먼저, 출발 전날 저녁과 당일 아침에는 반드시 기상청 날씨 정보를 확인하자. 요즘은 스마트폰으로 해당 지역의 시간대별 날씨를 쉽게 볼 수 있다. 해무 예보가 있다면 일정을 조정하는 그것도 방법이다. 아침 일찍 출발하는 그것보다 오후에 안개가 걷힌 후 이동하는 편이 안전할 때도 많다.

여행 기간도 여유 있게 잡는 게 좋다. 1박 2일로 빠듯하게 계획했다가 돌아오는 배가 끊기면 난감해진다. 하루 정도 여유를 두고 계획하면 예상치 못한 상황에도 당황하지 않을 수 있다. 짐을 쌀 때는 비상식량을 꼭 챙기자. 섬에 식당이 있다고 해도 장기간 고립되면 식재료가 떨어질 수 있기 때문이다. 상비약과 보조배터리도 필수다.

무엇보다 중요한 것은 마음가짐이다. 계획대로 되지 않는다고 해서 초조해하거나 화를 낼 필요는 없다. 자연 앞에서 우리는 겸손해질 수밖에 없다. 오히려 예상치 못한 하루를 섬에서 더 보내게 되면 그것도 특별한 추억이 될 수 있다. 민박집 주인과 도란도란 이야기를 나누거나 안개 낀 바닷가를 천천히 걷는 시간도 나쁘지 않다.

문득 바다가 그리워진다면 지도를 펼쳐보자. 아직 가보지 못한 작은 섬 하나를 골라보는 것이다. 기상정보를 확인하고, 배편 시간표를 챙기고, 여유 있게 짐을 꾸려보자. 그리고 떠나자.

10

바다가 버린 것들의
화려한 귀환

작업 중 그물에 걸려 올라왔지만 판매가 어려운 꽃게, 부러진 새우 다리, 반쪽 난 다시마 들. 어부들은 이것들을 상품성이 없어 바다에 던지거나 쓰레기통에 버렸다. 처리비용만 나갈 뿐이었다.

그런데 연평도의 한 영어조합법인 대표는 다르게 생각했다. '그냥 버리기엔 아깝다. 게다가 환경문제도 심각한데.' 못생기고, 작아서, 부서져서 버려지던 해산물들을 하나둘 모았다. 그렇게 '연평도 꽃게 육수 팩'이 세상에 나왔다.

〈사진: 육수 팩 3종 세트〉

꽃게 육수 팩에는 꽃게 원물이 무려 50%나 들어간다. 나머지는 다시마, 새우, 멸치 같은 국산 재료로 채웠다. 인공 조미료나 합성 첨가물은 단 한 스푼도 넣지 않았다. 이제 육수 팩 하나를 국이나 탕에 넣고 우려내면 양념이 끝이다. 복잡한 손질도 오랜 시간 끓이는 수고도 필요 없다.

영어조합법인은 여기서 멈추지 않았다. 이웃 섬인 백령도의 다시마를 더해 육수 팩 3종 세트를 만들었다. 꽃게, 다시마, 새우 육수팩이 한 세트가 되어 서해5도의 존재감을 알리는 역할까지 하게 된 것이다.

이 육수팩은 인천 관광기념품 공모전에서 우수상을, 전국 DMZ 관광 콘텐츠 공모전에서는 대상을 받았다. 어획 과정에서 상품 가치가 없는 부산물을 이용하여 환경을 지키며 지역경제에도 보탬이 되는 제품으로 탄생하였다.

꽃새다와 비스크 소스, 귀여운 이름의 맛있는 비밀

육수팩으로 시작한 실험은 계속 이어졌다. 이번에는 꽃게와 보리새우, 다시마를 활용해 두 가지 소스를 새롭게 선보였다. 처치 곤란했던 재료들이 식탁 위 주인공으로 돌아온 것이다.

첫 번째 주인공은 '꽃새다 소스'다. 이름부터 귀엽다. 꽃게, 새우, 다시마를 합친 이름이란다. 간장을 베이스로 만든 이 소스는 바다 향이 진하게 배어 있다. 양파나 버섯을 볶다가 마지막에 한 숟가락 넣으면 평범한 볶음 요리가 금세 특별해진다. 밥을 넣고 볶으면 맛있는 해물 볶음밥으로 변신한다. 샐러드에 뿌리면 드레싱으로도 제격이다. 신선한 채소와 해산물 맛이 묘하게 어우러져 새로운 맛을 만들어낸다.

두 번째는 '비스크 소스'다. 비스크라는 말이 낯설 수도 있는데, 원래 프랑스에서 만드는 갑각류 수프를 뜻한다. 연평도는 이것을 소스로 바꿨다. 연평도 꽃게와 새우에 다시마, 양파, 셀러리를 넣고 토마토소스와 생크림으로 마무리했다. 로제_{분홍}색 소스가 파스타 면에 골고루 묻으면 그 모습만으로도 군침이 돈다. 리조또나 해산물 찜, 수프에도 활용할 수 있다.

<사진: 꽃새다 소스>

<사진: 비스크 소스>

맛 이상의 가치

사실 이 제품들이 정말 특별한 이유는 따로 있다. 바로 환경을 생각하는 마음이다. 예전이었다면 그냥 버려졌을 재료들이 이제는 귀한 대접을 받는다. 바다에 버려져 오염을 일으켰을 부산물들이 맛있는 육수 팩과 소스가 되어 사람들 손에 들린다. 어민들에게는 새로운 수입원이 생겼다. 소비자들은 품질 좋은 해산물 소스를 합리적인 가격에 만날 수 있다. 환경도 지키며 지역경제도 살리면서 소비자도 만족하는 구조가 만들어진 것이다.

집에서 요리할 때 이 소스들을 사용해 보자. 꽃새다 소스 한 숟가락이면 볶음 요리가 바다 내음 가득한 별미로 변한다. 비스크 소스를 파스타에 버무리면 근사한 파스타 요리가 된다.

바다가 남겨둔 것들을 다시 품어 새로운 가치를 만들어낸 연평도. 그곳 사람들의 노력이 우리 식탁까지 이어진다. 육수팩 하나면 양념이 끝. 꽃새다 소스로 완성한 볶음 한 접시, 비스크 소스로 풀어낸 파스타 한 그릇. 그 맛을 천천히 음미하다 보면 어느새 연평도 바다가 슬며시 떠오를지도 모른다.

섬 노트

마을기업인 연평바다살리기 영어조합법인에서 판매하고 있다. 옹진군청이 운영하는 옹진자연몰과 인천상생유통지원센터에서도 구입할 수 있다.

PART 2
봄,
섬이 깨어나는 식탁

1 풍도

봄을 가장 먼저
만나는 섬

3월 초 남쪽 어디선가 매화가 피었다는 소식이 들린다. 하지만 우리가 사는 곳은 여전히 쌀쌀하다. 봄꽃 한 송이라도 봄기운 한 조각이라도 빨리 만나고 싶어진다. 그렇게 봄을 찾아 나선 길에 풍도가 있다.

하루에 딱 한 번 풍도 가는 배

풍도는 경기도 안산에 속해 있지만 실제로는 충남 당진이 훨씬 가깝다. 그런데 생활권은 인천과 이어져 있고 한 때는 인천에 속해 있었다. 그래서 풍도에 가려면 인천 연안부두에서 출발한다. 중요한 건, 인천에서 출발하는 배가 하루에 딱 한 번뿐이라는 것이다 성수기는 두 번 운행. 오전 9시 30분. 이 시간을 놓치면 그날은 풍도에 갈 수 없다. 그래서 아침 일찍 서둘러 인천 연안부두로 향했다.

풍도행 배에 올라 자리를 잡으려는데 매점 아주머니가 말을 걸었다. 처음 가는 거냐고 물으신다. 어떻게 알았냐고 되묻자, 웃으면서 30년 동안 여기서 매점을 하다 보니 풍도 사람들 얼굴은 거의 다 안다고 하셨다. 그분은 단순한 매점 주인이 아니었다. 풍도의 소식을 나르고, 주민들이 부탁한 육지 물건도 대신 챙겨다 주는 섬과 육지 사이의 다리 같은 존재였다.

야생화의 섬이라고 불리는 풍도. 이름만 들어도 설레는 곳이었다. 그런데 섬에 도착해서 만난 민박집 주인은 미안하다는 듯 웃으며 말했다. 올해는 날씨가 너무 추워서 야생화가 아직 피지 않았다고.

민박집 저녁상에 사스랭이 나물과 세모국^{갯바위에 붙어사는 해조류}이 올라왔다. 사스랭이는 다른 곳에서는 전호나물이라고 부르는데, 이 섬에서는 옛 이름 그대로 부른다. 풍도 섬을 걷다 보면 습한 땅에서 고개를 내민 사스랭이를 어렵지 않게 만날 수 있다. 세모국은 충남 지역에서 해장으로 즐겨 먹는다고 한다. 세모국을 한 숟가락 떠서 입에 넣었다. 바다 향과 풀 내음이 함께 어우러진 맛. 후루룩후루룩 마시느라 정신이 없다. 섬에서 나는 것들로 차린 밥상이었다. 다른 민박집에서는 산야초 백반도 유명하다.

이 섬에만 있는 꽃들

풍도에는 220종이 넘는 식물이 살고 있다고 한다. 그중에서도 가장 특별한 건 이 섬에서만 자라는 두 가지 꽃이다. 풍도바람꽃과 풍도대극. 이름부터 풍도를 품고 있는 꽃들.

풍도바람꽃은 키가 10cm 정도밖에 안 되는 작은 꽃이다. 햇살이 잘

<사진: 풍도대극>

<사진: 풍도바람꽃>

드는 습한 땅을 좋아해서 산 중턱 양지 바른 그곳에 숨어 산다. 3월이 되면 하얀 꽃잎을 펼치는데 그 모습이 정말 사랑스럽다. 사진작가들이 이 작은 꽃 한 송이를 담으려고 멀리서 찾아온다. 풍도바람꽃은 이 섬에서만 만날 수 있는 꽃이니까.

풍도대극은 3월에서 4월 사이에 연두색 꽃을 피운다. 독특한 향기가 나고 맛이 쓴 게 특징이라고 한다. 이 꽃 역시 풍도에서만 자라는 귀한 식물이다. 섬 전체가 하나의 식물원인 셈이다.

은행나무가 지켜본 역사

풍도에는 500년도 넘게 살아온 은행나무 두 그루가 있다. 2003년에 보호수로 지정됐을 정도로 오래된 나무다. 이 나무를 심은 사람에 대해서는 두 가지 이야기가 전해 내려온다. 하나는 1624년 이괄의 난 때 인조 임금이 이곳으로 피신했다가 떠나며 심었다는 것이고, 다른 하나는 당나라 장수 소정방이 백제를 정복하고 돌아가는 길에 풍도 풍경에 마음을 빼앗겨 심었다는 것이다. 무엇이 사실인지는 모른다.

1894년, 풍도 앞바다에서 청일전쟁이 시작됐다. 이 작은 섬 앞에서 벌어진 전투 하나가 동아시아 역사 전체를 뒤흔들어 버렸다. 일제강점기에 일본은 풍도 후망산 꼭대기에 청일전쟁 승전 표석을 세웠다고 한다. 그런데 마을 주민들이 그 비석을 뽑아버렸다는 이야기가 남아 있다. 섬사람들 나름의 저항이었던 셈이다.

500년 동안 풍도를 지켜온 은행나무는 이 모든 순간을 다 봤을 것이다. 그 생각을 하니 나무 앞에서 절로 고개가 숙여졌다.

풍도에는 〈배올리네〉라는 민요가 전해진다. 바다를 바라보며 부르던 노래다.

올라오네 배 올라오네, 뱅이 뱅이 열두뱅이, 그니 그니 쌍이그니, 올라오는 저네 배는.
풍도라 생길라면 석시나 있구, 난지라 생길라면 석시나 없지,
삼사월에 오는 배가, 난지로 쫓겨가네.

남편이 탄 배가 풍랑 때문에 풍도에 들어오지 못하고 난지도로 가버리는 걸 본 아내가 부른 노래다. 석시는 배가 닿는 선착장을 말한다. 풍도에는 선착장이 있어 배가 들어올 수 있는데, 선착장이 없는 난지도로 지나가 버린다는 뜻이다. 노랫말 속에는 기다림과 그리움이 가득하다. 섬에 사는 사람들의 삶이 어땠을지 느껴지는 노래였다.

풍도는 3월 중순이 되면 섬 전체가 꽃으로 만발한다. 풍도바람꽃이 작은 얼굴을 내밀고 풍도대극이 연둣빛 꽃을 피우고, 노란 복수초도 핀다. 그러면 많은 사람들이 이 작은 섬을 찾는다.

하루에 한 번 오가는 배를 타고 인천에서 2시간을 달려서 도착하는 섬. 500년 된 은행나무가 서 있고 아픈 역사를 품은 바다가 펼쳐지고 세상 어디에도 없는 꽃들이 기다리는 섬.

봄을 가장 먼저 만나고 싶다면 풍도로 가면 된다.

섬 노트

풍도 야생화는 해마다 피는 시기가 조금씩 다르다. 보통 3월 10일에서 15일 사이에 화사한 얼굴을 내민다. 이 시기에는 숙박 시설이 부족하니 사전 예약해야 한다.

난류가 부른
봄빛

3월이면 남쪽에서 봄나물 소식이 들려온다. 그런데 인천보다 더 북쪽에 있으면서도 먼저 봄을 맞이하는 작은 섬이 있다. 바로 소청도다.

인천 연안부두에서 배를 타고 3시간. 서해 한가운데 떠 있는 이 작은 섬에서는 3월 초부터 사람들이 봄나물을 캐러 산과 들로 향한다. 신기한 건 백령도와 대청도 사람들까지 소청도로 나물을 캐러 온다는 것이다.

섬에서만 만날 수 있는 특별한 나물

소청도에 사는 한 어르신은 해마다 3월 초순이 되면 봄나물을 보내준다. 상자를 열 때면 향긋한 봄나물 냄새가 먼저 반긴다. 특히 소청도 달래는 크기부터 남다르다. 우리가 흔히 알고 있는 달래는 작고 가는 편이지만, 이곳의 달래는 마늘만큼이나 크다. 섬사람들은 이 큼직한 달래를 쪄서 반찬으로 먹는다. 소청도를 처음 찾은 사람들이 대파로 착각하여 방문한 일행들과 종종 내기할 정도다. 달래는 봄철 춘곤증에 좋다고 한다. 생각만 해도 입안에 알싸한 맛이 도는 것 같다.

소청도에는 전호나물이라는 특별한 봄나물이 있다. 원래 울릉도가 고향인 이 나물은 인천 몇몇 섬에서만 자란다. 이작도, 풍도 같은 다른 섬에서는 사스랭이 나물이라고 부르기도 한다.

전호나물은 생긴 것부터 독특하다. 당근을 빼닮았지만 미나리과 식물이다. 뿌리가 통통하고 잎사귀가 갈기처럼 갈라져 있다. 향은 미나리 향이 나지만 일반 미나리처럼 강렬하지 않고 은은하다. 미나리는 강한 향을 내는 것과 달리, 전호나물은 향이 부드러워서 오히려 입맛을 돋운다. 개인적인 느낌으로는 미나리와 당근 맛 중간이라고 할까.

〈사진: 소청도 전호나물〉

먹는 방법은 여러 가지다. 생으로 고추장에 찍어 먹거나, 끓는 물에 살짝 데쳐서 간장, 참기름, 깨소금으로 무쳐 먹는다. 고춧가루를 넣으면 매콤한 밥반찬이 된다. 그런데 정말 환상의 조합은 삼겹살과 함께 먹는 것이다. 구운 삼겹살을 전호나물에 싸서 한입 베어 물면 느끼함은 사라지고 상큼한 봄 향기만 입안 가득 퍼진다.

비타민C가 풍부해서 피를 맑게 해준다는 이야기도 전해진다. 겨울 동안 부족했던 영양소를 봄나물로 보충하는 선조들의 지혜다. 요즘은 농가에서 재배를 하지만 바닷바람을 맞고 자란 야생 전호나물의 맛을 따라갈 수는 없다.

봄이 오면, 소청도에서 봄나물과 함께 꼭 먹어봐야 할 음식이 있다. 싱싱한 소청도산 홍합을 넣은 밥에 봄 달래를 넣어 간장으로 비벼 먹는 홍합 비빔밥이다. 홍합의 바다 내음과 달래의 봄 냄새가 한 그릇에 어우러진다.

소청도에 봄이 먼저 오는 이유는

소청도는 인천보다 위도가 높다. 그런데 어떻게 3월 초에 벌써 봄나물을 캘 수 있을까?

비밀은 바닷물의 흐름, 즉 해류에 있다. 남쪽 바다 따뜻한 바닷물이 북쪽으로 올라오는 것을 난류라고 한다. 대만 쪽에서 대만 난류가 제주도를 지나 서해로 들어온다. 이 따뜻한 물줄기가 서해를 타고 올라오다가 소청도 근처를 감싸며 지나간다.

겨울철 기온을 비교해 보면 재미있는 결과가 나온다. 국립해양조사원 자료에 의하면 2021년 12월부터 2022년 3월까지 인천시 12월 평균 기온은 영하 1.3℃, 1월 영하 1.5℃, 2월 영하 1.0℃였다. 반면 소청도는 인천시보다 위도는 높지만 평균 기온이 12월 1.6℃, 1월 1.1℃, 2월 1.2℃로 인천보다 따뜻하고 영상의 날씨이다. 위도가 높은 소청도가 더 남쪽인 인천보다 평균 기온이 약 2~3℃ 높은 편이다. 이 온도 차이가 소청도에 봄을 먼저 불러온다.

봄날 소청도로 떠나자

제철에 나는 자연 그대로의 재료로 만든 음식만큼 몸에 좋은 건 없다. 햇볕과 바람과 바닷물이 키워낸 봄나물은 어떤 영양제보다 값지다. 언젠가 3월의 어느 날, 3시간을 달려 도착한 섬에서 달래 캐는 할머니를 따라 언덕을 올라 전호나물의 향을 맡아본다면. 상상만 해도 마음이 간질간질하다.

소청도에는 약 10억 년 전 생명 탄생 시기의 흔적인 스트로마톨라이트 화석과 파도에 깎여 드러난 하얀 대리암 분바위가 있다. 국내 두 번째로 세워진 소청도 등대도 볼 수 있다.

〈사진: 소청도 달래〉

봄은 우리가 찾아가지 않으면 먼저 손짓하며 부른다. 소청도의 봄처럼.

북쪽 끝 동백숲

동백꽃 하면 보통 제주도를 떠올린다. 따뜻한 남쪽 바다 그곳에만 있을 것 같은 꽃. 그런데 인천 앞바다 섬에도 동백나무가 산다는 걸 아는 사람은 많지 않다. 그중에서도 대청도, 소청도, 백아도는 동백나무 군락지로 중요하다. 처음 이 이야기를 들었을 때 의아했다.

서해에 어떻게 동백이 살 수 있을까. 답은 바닷물에 있었다. 따뜻한 난류가 섬을 감싸며 올라오면서 남쪽 식물이 자랄 환경을 만들어준 것이다.

동백나무는 차나무과에 속한다. 잎끝이 톱니바퀴 모양으로 차나무와 같다. 동백나무 학명은 카멜리아 자포니카이다. 카멜리아는 독일 예수회 신부인 조셉 카멜의 이름에서 왔다. 필리핀에서 거주하던 카멜 신부가 동백을 유럽에 처음 소개한 것을 기념하기 위해서다.

동백꽃 하면 빠질 수 없는 인물이 있다. 바로 프랑스의 패션 디자이너 코코 샤넬이다. 그는 동백을 유난히 사랑했다. 둥글고 완벽한 흰색 겹 동백을 디자인에 사용하여 그게 샤넬의 상징이 됐다.

동백꽃, 대청도 사람들의 일상생활

대청도 동백나무 숲에는 표지석이 두 개 서 있다. 1933년 일제가 세운 그것과 1966년 우리 정부가 세운 것. 일제강점기에도 이 나무들이 얼마나 귀한지 알았나 보다. 지금은 천연기념물 제66호로 지정되어 있다.

대청도에서 오래 사신 어르신들 말씀을 들어보면 재미있는 이야기가 많다. 옛날, 이 섬에서 결혼식을 올릴 때는 마을 사람들이 밤새워 가마를 만들었다고 한다. 생화를 구하기 어려워서 습자지로 종이꽃을 만들

〈사진: 대청도 동백나무〉

었는데, 거기에 동백나무 줄기와 동백꽃을 꽂아 장식했다. 봄에 결혼하면 신랑이 신부에게 동백꽃다발을 선물했고, 가을에는 동백나무 가지를 주기도 했다. 동백꽃이 귀해 꽃을 얻기 위해 사정사정했다고 한다. 동백꽃이 벼슬이 된 듯하다.

지금도 4월 중순쯤 대청도 내동마을이나 모래울동 집마다 동백꽃이 가득 핀다. 몇 년 전, 천주교 미사에서 동백꽃으로 곱게 장식된 제대를 본 적이 있다. 이 섬사람들에게 동백꽃은 단순한 꽃이 아니라, 삶 속에 깊이 스며든 일부였던 것 같다.

소청도 동백나무 군락지와 김대건 신부상

대청도 바로 아래쪽에 소청도가 있다. 예동마을 뒷산에 동백나무 군락지가 있는데 나무들의 나이가 200년은 족히 넘었다고 한다. 지금은 35그루 정도가 남아 있다.

조선시대 기록을 보면 더 흥미롭다. 1793년 정조 때 기록인데, '소청도에는 떡갈나무가 많고 동백나무가 70~80%를 차지한다.'라는 내용이 있다. 220년도 더 된 이야기다. 그때는 지금보다 동백나무가 훨씬 많았던 모양이다.

소청도 동백나무 숲에는 김대건 신부 동상이 서 있다. 1846년, 그러니까 조선 말기에 김대건 신부가 마포에서 배를 타고 연평도, 순위도, 소청도, 대청도를 지나 백령도까지 갔다. 백령도에서 청나라 어부에게 편지를 전달한 뒤 돌아오는 길에 순위도에 머물렀다. 함께 간 사람들이 잡은 조기를 말리느라 2주 정도 더 있게 됐는데, 그때 체포됐다. 결국

〈사진: 동백과 김대건 신부상〉

서울로 끌려가 새남터에서 순교했다.

소청도에 사는 한 어르신은 어릴 적 동백나무에서 그네를 타고 놀았던 기억을 들려주셨다. 동백나무를 깎아서 팽이도 만들었다고. 그 이야기를 들으니, 동백나무가 섬사람들의 일상이었다는 게 느껴졌다.

순수한 동백나무 자생지 백아도

백아도는 인천 연안부두에서 출발한다. 배에서 내리면 기차 모양 바위가 제일 먼저 눈에 들어온다. 마을 입구에는 커다란 팽나무가 서 있다. 하지만 백아도에서 진짜 봐야 할 것은 동백나무다.

집 앞마다 붉은 동백꽃이 만발해 있다. 동백의 꽃말은 '그 누구보다도 당신을 사랑합니다.'이다. 꽃말처럼 섬은 방문하는 사람들을 환하게 맞아준다. 울타리로 동백나무를 심어놓은 집도 있다. 특히 발전소 마을의 동백들이 정말 아름답다.

학교 가던 옛길에서 고개 넘어 길가, 마을 뒷산, 여기저기에 동백이 남아 있다. 남봉에는 높이가 7m쯤 되는 큰 나무들도 있다. 서해의 다른 어느 섬보다 크고 넓은 숲을 이루고 있다고 한다. 3월이면 이 나무들이 일제히 꽃을 피운다.

섬 어르신들 말씀에 의하면 일제강점기 때 동백꽃이 만발해서 온 섬이 붉게 물들었다고 한다. 나는 이 이야기를 들으면서 상상했다. 지금은 폐교된 학교로 가는 길에 아이들이 동백꽃을 보며 자랐을 모습을. 신학기 시작과 함께 붉은 꽃이 바람에 떨어지면 그 꽃송이를 주워서 친

구에게 건넸을 장면을. 그들의 일상
에 동백이 있었다.

　서울대 이창복 교수는 백아도를
두고 이런 말을 남겼다. 백아도는
순수한 동백나무가 자생하는 북쪽
끝 지역일 가능성이 크다고.

〈사진: 백아도 동백나무〉

　언젠가 봄이 오면 이 섬들에 가보고 싶다. 붉은 꽃이 바람에 흔들리
는 길을 걸으면서 이곳에서 살았던 사람들의 이야기를 들어보고 싶다.
200년 된 동백나무 아래에서 그네를 타던 아이들을 보고 동백꽃으로
장식한 결혼식을, 조기를 말리다 체포된 신부의 마지막 순간을, 동백꽃
피는 산길을 걸어 학교에 가던 길을 떠올려 보고 싶다.

섬 노트

소청도와 백아도에는 섬마을 버스가 있지만 주민 전용이라 이용이 어
렵다. 대신 민박집에서 태워주는 경우가 많다. 백아도는 등산 코스로
도 잘 알려져 있다. 특히 남봉 정상에서 능선을 따라 이어지는 코스와
선착장에서 백아분교로 내려오는 코스가 매력적이다. 중간에 흔들바
위, 굴업맞이 바위가 포인트이다.

늦게 피는
벚꽃 풍경

요즘 도시는 벚꽃으로 들썩인다. 인천대공원 벚꽃길을 걷다 보면 옛날 일본 영화 한 편이 떠오른다. 이와이 슌지 감독의 영화에서 벚꽃이 봄비처럼 흩날리던 그 장면. 그 이후로 우리나라 드라마에서도 봄꽃이 눈처럼 내리는 장면들이 자주 등장하게 되었다.

〈사진: 장봉도 벚꽃〉

도시만 벚꽃이 유명한 것만 아니다. 인천 앞바다에는 벚꽃으로 유명한 섬들이 있다. 장봉도와 자월도. 두 섬 모두 도시보다 열흘쯤 늦게 벚꽃이 핀다. 그래서 도시에서 벚꽃이 다 질 무렵 이 섬들은 이제 막 봄을 맞이한다. 도시의 벚꽃이 금방 져서 아쉬워하시는 분들 방문하면 된다.

봄이 늦게 찾아오는 섬, 장봉도

장봉도는 영종도 북쪽 옹진군 북도면에 자리 잡고 있다. 과거에는 강화도 생활권이었다고 한다. 지금도 그 흔적이 남아 있을까. 섬사람들의 말투나 음식 문화에서 강화의 정취를 느낄 수 있을지 모르겠다.

장봉도로 가는 길은 생각보다 간단하다. 영종대교나 인천대교를 건너 영종도에 도착한 뒤 북쪽으로 향하면 삼목선착장이 나온다. 매시간 배가 있으니 기다림도 길지 않다. 무엇보다 좋은 건 차를 배에 실을 수 있다는 점이다. 영흥도 다음으로 관광객이 많이 찾는 이유가 여기 있다. 차량으로 섬 구석구석을 자유롭게 누빌 수 있으니까.

장봉도 선착장에 내리면 선택의 순간이 온다. 마을버스를 타고 종점인 건어장 해변까지 갈 것인가 아니면 옹암해변에서 내릴 것인가. 어느 쪽을 선택해도 괜찮다. 도로를 따라 걷다 보면 벚꽃 터널을 만날 수 있다. 2~3시간 정도면 충분히 둘러볼 수 있는 거리다.

장봉도 벚꽃길의 매력은 단순히 벚꽃만이 아니다. 한쪽에는 하얀 벚꽃이 흩날리고, 멀리 푸른 바다가 펼쳐진다. 시원한 바닷바람을 맞으면서 걷는 것은 도시의 벚꽃길에서는 절대 느낄 수 없는 풍경이다.

매년 4월 둘째 주 전후로 장봉도에서는 벚꽃축제가 열린다. 축제 기간에 맞춰 가도 좋다. 조용히 혼자만의 시간을 즐기고 싶다면 평일을 노려보는 그것도 방법이다. 사람 없는 벚꽃길을 걷는 그것도 나름의 호사니까. 아쉽다면 장봉도 갯티길도 걸어보자.

〈사진: 소라 비빔밥〉

걷다 보면 배가 고파진다. 그럴 때 장봉도 특산물인 생합을 맛보자. 조개 중에 으뜸인 생합조개. 담백한 맛이 일품이다. 소라 비빔밥도 빼놓을 수 없다. 섬에서 나는 싱싱한 소라로 만든 비빔밥 한 그릇이면 여행의 피로가 싹 가신다.

미래가 시작되는 섬, 자월도

장봉도가 아늑한 섬마을의 정취를 간직하고 있다면 자월도는 조금 다른 매력을 지녔다. 인천 연안부두에서 배를 타고 1시간 남짓. 대부도 방아머리에서도 배가 있다. 어느 쪽에서 출발하든 자월도에 도착하면 완만한 백사장이 여행객을 맞이한다.

장골해안과 큰말해안. 두 해변 모두 고운 백사장을 자랑한다. 목섬 구름다리도 유명한 포토 존이다. 그리고 4월이 되면 자월도 거리에는 벚꽃이 흩날린다. 바다와 백사장, 그리고 벚꽃길. 이보다 더 완벽한 조합이 있을까.

자월도 코스는 누구나 편하게 걸을 수 있다. 벚꽃 아래를 천천히 걷다 보면 시간 가는 줄 모른다. 혹 등산이 필요한 사람들은 국사봉 코스를 권한다. 최근 국사봉 주변을 힐링 꽃섬 공원이 조성 중이다. 힐링 꽃섬은 2029년까지 단계적으로 조성될 예정이라고 한다. 복잡한 생각들이 벚꽃잎처럼 하나둘 떨어져 나가는 기분을 느낄 수 있을 것이다.

〈사진: 자월도 장골 해변〉

자월도가 요즘 새로운 이유로 주목받고 있다. 최근 자월 달빛 천문과학관이 개장되었다. 도시의 불빛에 가려 보지 못했던 별들을 여기서 만날 수 있다. 낮에는 벚꽃을 보고 밤에는 별을 본다. 하루 종일 하늘을 올려다보게 되는 섬이다. 그리고 개인 비행체, 즉 PAV Personal Air Vehicle 특별 자유화 구역으로 선정된 것이다. 영화에서나 보던 하늘을 나는 자동차 같은 것들이 이 섬 하늘을 날아다닐 날이 머지않았다는 뜻이다. 미래형

교통수단의 중심지가 되어가는 자월도. 상상만으로도 가슴이 뛴다.

봄이 더 오래 머무는 곳

도시의 벚꽃은 빨리 피고 빨리 진다. 눈 깜짝할 사이에 흔적도 없이 사라지고 만다. 섬에는 아직 봄이 한창이다. 서두르지 않아도 된다. 섬의 벚꽃은 도시보다 열흘 늦게 피며 바닷바람 때문인지 오래 머문다.

장봉도든 자월도든 어느 섬을 선택해도 후회하지 않을 것이다. 두 섬모두 각자의 방식으로 봄을 품고 있으니까. 벚꽃도 보면서 갯티길도 걸어보자. 등산도 하고 밤하늘의 별도 보고. 그 순간만큼은 시간이 멈춘것 같은 착각에 빠지게 될 것이다.

올봄에는 섬으로 가보자. 배를 타고 바다를 건너 아직 봄이 남아 있는 곳으로. 그곳에서 벚꽃을 맞으며 진짜 봄을 만나보자. 도시의 벚꽃놀이와는 차원이 다른 경험이 기다리고 있을 것이다.

섬 노트

장봉도 벚꽃축제는 매년 4월 10일 전후로 열린다. 장봉도 갯티길은 능선과 해안선을 따라 걷는 일곱 개 코스로 구성된 트레킹 명소이다. 그중 4·5·6코스가 특히 인기가 있다. 자월도 등산은 선착장을 출발해 목섬과 국사봉을 거쳐 장골해수욕장을 지나 선착장으로 돌아오는 코스를 추천한다.

산나물 찾아
떠나는 섬

4월이 오면 산은 온통 초록빛으로 물든다. 그중에서도 바다와 맞닿은 섬의 산은 좀 특별하다. 육지의 산나물이 흙냄새를 품고 있다면, 섬의 산나물은 짭조름한 바닷바람을 머금고 자란다. 그중에서 인천 앞바다의 덕적도와 문갑도의 산나물 이야기를 들려주고 싶다.

덕적도 북리에는 으름실 마을공동체가 있다. 이름부터 정겹지 않은가. 으름실 마을공동체는 마을기업이자 사회적기업이다. 이곳 사람들은 땅을 빌려 산나물을 기른다. 명이나물, 눈개승마, 부지깽이, 고사리. 이름만 들어도 입안에 봄 향기가 가득하다.

섬마을 어르신들이 산비탈을 오르내리며 산나물을 돌본다. 일자리도 생기고 소득도 생기지만 무엇보다 자신이 직접 키운 먹거리를 다른 이들과 나눌 수 있다는 것이 가장 기쁘다고 한다.

1년 중 딱 한 달, 그 짧은 순간을 담는다

산나물의 어린순을 따낼 수 있는 시기는 1년 중 고작 한 달이다. 너무 일찍 따면 맛이 덜하고 늦으면 질겨진다. 그래서 섬마을 사람들은 4월이 되면 총력전을 펼친다.

머위나물, 벙구나물, 명이나물을 부지런히 따서 장아찌로 만든다. 덕적도 어르신들이 평생 담가온 간장 비법이 여기에 더해진다. 너무 짜지도 싱겁지도 않은 딱 적당한 그 맛. 장아찌는 숙성 후 가을에 판매하는데 워낙 인기가 많아서 금방 동이 난다고 한다.

으름실 마을공동체는 정부의 섬 지역 특성화 사업에 선정되어 스마트팜을 이용한 섬 송이버섯을 사시사철 판매한다. 스마트팜은 작물 재배에 필요한 온도와 습도를 자동으로 조절이 가능하여 고령인 주민들도 쉽게 사용이 가능하다.

〈사진: 으름실 마을 스마트팜〉

 맛있는 인천 섬, 사계절의 식탁

섬사람들이 부르는 이름, 벙구나물

벙구나물, 덕적도 근처 섬에서만 쓰는 방언이다. 표준어로는 '엄나무 순'이라고 한다. 엄나무는 두릅나무와 비슷하나 가시가 훨씬 크고 억세다. 겨울 산에 하얀 낙엽이 수북한 곳이 있으면 바로 그곳에 엄나무가 있다. 엄나무는 낙엽이 흰색이다. 엄나무 순은 쌉싸래하고 향긋하다. 일반 두릅보다 사포닌이 많아서 면역력을 높여준다고 한다. 피를 맑게 해서 머리를 맑게 한다는 말도 있다. 엄나무 줄기를 잘게 썰어 삼계탕에 넣으면 보양식이 된다. 옛날에는 새해에 엄나무 가지를 대문에 걸어 놨다. 나쁜 기운을 막아준다고 믿었다.

덕적도 아래에 문갑도라는 섬이 있다. 엄나무 순으로 유명한 섬이다. 행정안전부로부터 마을기업으로 지정 받았다. 문갑도 사람들은 벙구나물 축제를 연다. 4월이 되면 싱싱한 엄나무 순을 따서 요리를 하고 손님들을 맞이한다. 바닷바람 불어오는 언덕에서 주민들과 방문객들이 함께 봄을 나누는 모습. 그림만 떠올려도 설렌다.

덕적도와 문갑도의 산나물이 특별한 이유는 해풍 때문이다. 바다에서 불어오는 바람은 미네랄을 가득 품고 있다. 그 바람을 맞으며 자란 산나물은 육지의 그것과는 다른 맛을 낸다.

섬은 공기도 맑고 물도 깨끗하다. 토양도 오염되지 않았다. 파도 소리와 갈매기 울음소리만 들리는 곳에서 자란 산나물. 정말 청정식품이다. 4월의 섬은 아름답다. 바다는 햇살에 반짝이며 산은 연둣빛으로 물든다.

　우리 조상들은 흉년이 들면 산나물로 배를 채웠다. 하지만 지금 우리에게 산나물은 봄의 향기이고 계절의 선물이다. 벙구나물을 씹으면 쌉싸래한 맛과 함께 봄이 느껴지고 춘곤증이 사라진다. 그러나 섬에서 나는 산나물을 마구 채취하지 말자.

<사진: 문갑도 벙구 나물>

섬마을 어르신들의 손길이 담겨 있는 마을의 자원이고 생활의 일부이다.

　올봄에는 덕적도나 문갑도로 떠나보자. 춘곤증에 지친 몸, 답답한 일상이 무겁게 느껴지면 주말 하루쯤 배를 타고 섬으로 가면 된다. 봄나물로 춘곤증을 털어내자.

섬 노트

최근 무분별한 산나물 채취가 문제가 되고 있다. 아름다운 섬의 자연을 함께 지켜야 한다. 덕적도 선착장에 내리면 마을 주민들이 싱싱한 제철 나물과 갓 잡은 물고기를 판매한다. 4월 말경 문갑도에서는 벙구나물 축제가 열리며 벙구나물도 판매한다.

섬의 봄맛,
에누리 나물과 고사리

봄바람이 살랑이던 어느 날이었다. 연평도 작은 식당에서 점심을 먹는데 나물 한 접시가 눈에 들어왔다. 젓가락으로 집어 입에 넣는 순간 쌉싸름하면서도 향긋한 맛이 혀를 감쌌다. 아주머니께 이게 무슨 나물이냐고 물었더니 에누리 나물

〈사진: 연평도 에누리 나물〉

이라고 하셨다. 소연평도에서만 나는 거라고. 도시에서는 맛볼 수 없는 오직 연평도에서만 만날 수 있는 그 맛.

임금님도 드셨다는 봄나물

에누리의 정식 이름은 '어수리'다. 이 나물이 얼마나 특별한지 아는가? 조선시대 때 임금님 밥상에 올랐던 진상품이었다고 한다. 봄철이면 강원도나 경상도 북부 지역, 연평도에서 즐겨 먹는다. 미나리과 식

물인 어수리는 키가 1~2m까지 자란다. 하지만 우리가 먹는 건 봄에
막 올라오는 연한 순이다. 이때가 가장 부드럽고 맛있다. 시기를 놓치
면 줄기가 억세져서 먹기 어렵다.

소연평도에서 평생을 사신 이순옥 할머니는 에누리 나물 요리법을
술술 풀어놓으셨다. 데쳐서 양념에 무치는 게 기본이고 된장에 버무려
도 맛있다고 하셨다. 향을 좋아하는 사람들은 생으로 고추장에 찍어 먹
기도 한단다. 어린 순은 상추랑 같이 삼겹살 쌈을 싸 먹으면 그게 진짜
별미라고. 예전 소연평도 사람들은 에누리로 장아찌도 담갔다고 한다.
봄에만 맛볼 수 있는 나물이니 오래 두고 먹으려는 지혜였을 것이다.

할머니 말씀 중에 특히 기억에 남는 게 있다. 속이 쓰릴 때 에누리 나
물을 먹으면 신기하게 금방 나아진다고 하셨다. 소화도 잘되고 속이 편
안해진다면서.

그런데 찾아보니 과학적으로도 맞는 말이었다. 어수리에는 혈액순환
을 돕고 위장 기능을 개선하는 성분이 들어있다고 한다. 항바이러스 효
과도 있다니 연평도 어르신들의 지혜가 대단하다.

파도 소리 들으며 자란 고사리

섬이 푸르름을 더해가면 이작도와 소야도 산비탈에서 고사리를 따는
어르신들을 볼 수 있다. 고사리는 인천의 여러 섬에서 자라지만 그중에
서도 이작도와 소야도 고사리가 특별하다.

소야도 할머니들은 바닷바람 맞고 자란 고사리라 맛이 남다르다고
말한다. 실제로 섬에서 나는 고사리는 육지의 그것과 다르다는 평을 들

는다. 색깔도 약간 검은색이며 바닷바람과 햇살 그리고 미네랄 풍부한 섬 토양이 만들어낸 맛이다.

채취한 고사리를 집으로 가져와 큰 솥에서 삶는다. 푹 삶은 뒤 찬물에 담가 우려내고 햇볕에 바짝 말린다. 이렇게 만든 마른 고사리를 소포장해서 판다. 입소문이 나서 봄철에는 물량이 늘 부족하다고 한다. 섬 어르신들에게는 쏠쏠한 용돈벌이다.

고사리라는 이름은 고래 사리에서 비롯됐다는 설이 있다. 봄에 땅을 뚫고 올라오는 새싹 모양이 고래수염처럼 둥글게 말려 있다고 해서 붙은 이름이라고 한다.

고사리는 우리나라에는 32종 정도가 있다. 우리가 밥상에서 만나는 건 그중 두 가지다. 고사리와 고비가 바로 그것이다. 외국 사람들은 독성이 있다고 하여 고사리를 거의 먹지 않는다고 한다.

하지만 우리 조상들은 오래전부터 고사리를 안전하게 먹는 방법을 알았다. 비결은 바로 손질에 있다. 땅에서 막 돋아난 연한 부분 새순을 따야 한다. 그걸 물에 삶아내고 우려낸 뒤 말리면 마른 고사리가 된다. 먹을 때는 다시 물에 불려 요리한다. 이 과정을 거치면 독성은 사라진다고 알려져 있다.

고사리는 예로부터 명절이나 제사상에 빠지지 않았다. 제주에서 고사리는 제사와 명절에 빠질 수 없는 나물이었다. '고사리만 있으면 상을 다 차렸다.'는 옛말처럼 모든 정성을 담은 음식이었다. 또한 비빔밥이나 육개장에 고사리가 들어가야 제맛이다.

옛날 먹을 것이 부족했던 시절에는 고사리 뿌리에서 전분을 뽑아 먹기도 했다고 한다. 구황작물로 쓰였다는 얘기다. 그만큼 우리 식탁과 오랜 인연을 맺어온 식물이다.

연구를 보면 고사리에는 아스파라긴이나 글루탐산 같은 아미노산이 풍부하다고 한다. 식이섬유가 풍부해 장 건강에 좋으며 각종 비타민과 미네랄도 들어 있어 건강식품으로도 손색이 없다고 한다. 산에서 나는 소고기라는 별명이 괜히 붙은 게 아니다.

최근 중국산 고사리가 대량으로 들어오면서 오히려 국산 고사리에 대한 수요가 높아졌다. 그 영향으로 1990년대부터 우리나라에서도 고사리 재배가 본격적으로 시작되었다. 이작도나 소야도에서 밭에서 고사리를 키우는 광경을 볼 수 있다.

〈사진: 이작도 고사리밭〉

섬이 건네는 봄의 맛

봄이 한창일 때 소연평도에 가보는 건 어떨까. 늦게 핀 벚꽃도 보면서 아주머니들이 직접 캔 에누리 나물을 맛보고, 할머니들에게 에누리

이야기를 들어보자. 그 향긋한 맛과 정겨운 이야기는 오래도록 기억에 남을 것이다.

이작도와 소야도 산비탈을 따라 펼쳐진 고사리밭 풍경은 그 자체로 아름답다. 파랗게 물결치는 고사리가 바람에 흔들리는 모습을 보면 왜 사람들이 섬을 찾는지 알 것 같다.

현재 고사리는 수입이 대부분이라고 한다. 섬에 고사리 재배면적이 더 넓어지면 좋겠다는 생각이 든다. 수입 대체 효과도 있으며 주민들의 소득도 늘어나고 섬을 찾는 사람들에게는 색다른 볼거리도 될 테니까.

섬 노트

4월 중에 소연평도·이작도·소야도를 방문하여 마을 주민들에게 부탁하면 나물을 구매할 수 있다. 에누리 나물은 이때만 먹을 수 있다. 고사리는 마른 고사리를 판매하고 있으나 주문이 많아 공급이 부족한 실정이다.

신발 끈만
묶으면 되는 섬

5월 어느 날 도시의 열기가 조금 무겁게 느껴질 때쯤이었다. 문득 시원한 바람이 그리워졌다. 아스팔트가 아닌 흙길과 해변을 걷고 싶었다. 그래서 찾아간 곳이 승봉도다. 등산화 끈을 단단히 조이지 않아도 체력을 걱정하지 않아도 섬 일주가 가능한 섬. 하루면 충분히 돌아볼 수 있는 그런 곳이다.

인천 연안부두에서 배를 타고 1시간쯤 달리면 승봉도다. 대부도 방아머리에서 출발하면 조금 더 빠르다. 40분이면 닿는다. 배 안에서 창밖을 보다 보면 어느새 섬이 보인다. 멀리서 봐도 알 수 있다. 다른 섬들보다 아름답고 편안한 느낌이 든다는 것을.

논농사가 유명했던 승봉도

승봉도라는 이름이 재미있다. 옛 지도를 보면 승황도로 적혀 있다. 신 씨와 황 씨 성을 가진 사람들이 처음 이 섬을 일구며 살았다고 해서 신황도라고 불렀다는 이야기도 있다. 조선시대에는 훈련도감 군사들이 주둔하기도 했다. 작은 섬이지만 제법 중요한 곳이었던 셈이다.

지금의 이름은 봉황새가 하늘로 날아오르는 모습을 닮았다고 해서 붙여졌다고 한다. 섬의 형태를 멀리서 보면 그럴듯하게 느껴지기도 한다. 신석기 시대 조개무덤이 발견된 걸 보면 아주 오래전부터 사람들이 이곳에서 살았던 모양이다.

승봉도는 원래 덕적면에 속해 있다가 1983년에 자월면으로 편입됐다. 특이한 점은 이 섬이 농사가 잘되는 곳이라는 거다. 인천 섬 중에서 논농사가 발달한 곳은 많지 않은데 승봉도는 달랐다.

1970년대 자료를 보면 재미있는 수치가 나온다. 당시 1인당 쌀 수확량을 보면 덕적도가 41kg, 소야도가 20kg, 문갑도는 6kg 정도였다. 그런데 승봉도는 138kg이었다. 차이가 어마어마하다. 그래서인지 이런 말도 있었다고 한다. 승봉도에서 1년 농사지으면 3년 쌀 걱정 안 해도 된다고.

섬에 내려 마을을 넘어가면 이일레 해수욕장이 눈에 들어온다. 1.3km 정도 되는 백사장이 완만하게 펼쳐져 있다. 폭은 40m쯤 된다. 수심이 얕아서 가족끼리 오기 좋다.

이일레라는 이름도 독특하다. 옛날 여자들이 머리 빗던 얼레빗을 아는가. 빗살이 촘촘한 그 빗 말이다. 이 해변이 얼레빗처럼 생겼다고 해서 얼레, 옐레로 부르다가 이일레가 됐다는 설명이 있다.

밤에 해변에 서서 남쪽을 보면 신기한 광경이 펼쳐진다. 저 멀리 큰 불빛들이 반짝인다. 충남 서산시 대산석유화학단지다. 사실 거리로 따지면 승봉도는 충청도가 더 가까운 셈이다. 그런데도 예전부터 승봉도

사람들은 인천과 자주 왕래했다. 그래서 지금도 인천시 옹진군에 속해
있다.

<사진: 승봉도 이일레 해수욕장>

걸어서 섬 일주

승봉도의 매력은 걸어서 섬 일주가 가능하다는 점이다. 해안가를 따
라 데크가 잘 깔려 있어서 편하게 걸을 수 있다. 경사도 심하지 않아서
평소 운동을 안 하는 사람도 무리 없다.

걷다 보면 정자가 있어 쉬어가도 좋다. 정자에서 바라보는 바다가 시
원하다. 촛대바위도 볼만하다. 남대문 바위도 있다. 이름처럼 바위에
구멍이 뚫려 있어 문처럼 보인다. 그 너머로 보이는 바다가 액자처럼
담긴다.

<사진: 승봉도 해안 데크 >

주변을 둘러보면 공경도라는 무인도도 보인다. 풍도 섬도 저 멀리 보인다. 풍도는 청일전쟁 때 배경이 됐던 곳으로 역사적 의미가 있다. 인천항으로 드나드는 화물선들도 자주 지나간다. 배들이 천천히 움직이는 모습을 보는 것도 나름의 재미다.

이일레 해수욕장에서 조금 걸으면 산림욕장이 나온다. 산림욕장 입구에서 출발해 해안산책로를 따라 걷다 보면, 부두치를 지나 승황정을 거쳐 촛대바위까지 이어지는 길이 펼쳐지는데, 넉넉잡아 2~3시간이면 충분히 걸을 수 있다. 천천히 걸으면서 사진도 찍고 쉬기도 하면 딱 좋은 거리다.

산림욕장이 있어서 그늘에서 쉴 수도 있다. 바다만 보다가 숲도 보고 또 바다도 보는 변화가 지루하지 않게 만든다.

승봉도의 또 다른 매력들

광어와 농어 낚시로도 유명하다. 낚시 좋아하는 필자가 자주 찾는 장소이다. 부두치 근처가 포인트이다. 승봉도에는 6월부터 7월까지 미역이 나온다.

시간 여유가 있다면 배를 타고 배낚시 체험도 가능하다. 사승봉도라는 무인도에 가볼 수도 있다. 이곳은 영화나 드라마 촬영지로 쓰인 곳이다. 온통 모래로 이루어진 작은 섬이다. 그곳에서 잠깐 쉬다 오는 것도 특별한 경험이 된다.

특별한 계획 없이도 괜찮은 하루. 누군가와 함께해도 좋고 혼자여도 좋은 시간. 등산이 부담스러운 사람들을 위해 도보여행이 가능한 곳, 승봉도는 그런 곳이다. 5월 어느 주말에 문득 바다가 보고 싶다면 이곳을 떠올려 보길. 배를 타고 1시간 정도 가면 그곳에 조용하고 너른 섬이 기다리고 있을 것이다.

섬 노트

승봉도는 해수욕, 각종 체험, 트레킹 등이 가능해 단체 방문객이 많
다. 승봉도 낚시는 부두치 주변, 남대문 바위, 동양콘도 앞 등이 포인
트이다. 사승봉도는 넓은 모래사장이 장관이다. 백패킹, 각종 체험과
촬영 명소로 유명하다. 승봉도나 대이작도에서 낚싯배 등을 통해 입
도해야 한다.

8 볼음도

조개의
여왕 생합

인천시 강화 후포항 선수포구에서 배를 타고 1시간쯤 들어가면 볼음도라는 섬이 나온다. 이 섬을 아는 사람들은 5월만 되면 설렌다. 바로 생합 조개를 잡을 수 있는 계절이 시작되기 때문이다.

보통 조개를 먹으려면 물에 담가 모래를 빼내야 한다. 조개가 물을 빨아들이며 먹이를 걸러낼 때 모래도 함께 들어가기 때문이다. 그런데 볼음도의 백합 조개는 다르다. 갯벌에서 캐자마자 바로 먹을 수 있다. 그래서 사람들은 이 조개를 '생합'이라 부른다. 살아있는 그대로 먹는 조개라는 뜻이다. 또 이 조개는 껍데기의 무늬가 백합꽃처럼 아름답다고 해서 '백합'이라 하고, 조개 중에서도 맛이 최고라 하여 위상(上)자를 써서 '상합'이라 부르기도 한다. 옛날 사람들은 이 조개를 '조개의 여왕'이라 불렀다고 한다.

〈사진: 생합〉

갯벌 위의 신선놀음

볼음도 영뜰 해변은 물이 빠지면 장관이다. 약 6km나 되는 드넓은 갯벌이 펼쳐진다. 마을 어르신 말씀에 따르면 갯벌을 자세히 보면 8자 모양의 구멍이 보인다고 한다. 바로 생합이 눈을 뜬 흔적이다. 호미로 그 자리를 파면 생합을 만날 수 있다.

하지만 요즘은 더 재미있는 방법으로 생합을 잡는다. '그레'라는 독특한 도구인데 40cm쯤 되는 칼날에 양쪽으로 줄이 달려 있다. 이걸 허리에 차고 앞으로 걸으면서 천천히 끈다. 생합은 보통 갯벌 5cm 아래쯤에 살기 때문에 그레를 살짝만 넣어 끌다가 '딱' 소리가 나면 그 자리를 파면 된다.

처음 하는 사람들은 많이 잡으려고 욕심이 나서 그레를 깊이 박는다. 그러면 나중에 허리가 아파서 고생한다. 무엇이든 적당히 하는 게 중요하다는 걸 갯벌이 가르쳐준다.

〈사진: 볼음도 생합 캐기〉

생합 캐기는 재미도 있지만 현장에서 바로 먹을 수 있다는 것이다. 조개 앞부분으로 하면 힘들어서 못 한다. 생합 뒷부분을 칼로 살짝 집어넣으면 조개껍질이 열린다. 그러면 까서 입에 넣으면 바다 냄새와 함께 싱싱한 맛이 입안 가득 퍼진다. 몇 년 전 워크숍을 볼음도로 가서 영뜰 해변에서 생합을 잡고 막걸리 한 잔에 민요를 부르던 추억이 아직도 생생하다.

한 번은 신기한 일이 있었다. 생합을 잡아서 갯벌 한쪽에 모아뒀는데, 잠깐 사이에 조개들이 전부 갯벌 속으로 숨어버렸다. 생합을 잡으면 가지고 간 양파망에 바로 넣어야 한다.

민박집에 돌아와서 생합탕을 끓이는 건 어렵지 않다. 깨끗이 씻은 생합에 물을 넉넉히 붓고 끓이면 된다. 10분쯤 지나 조개가 입을 벌리면 고추 한두 개를 썰어 넣는다. 그게 전부다. 시원하고 담백한 국물에 고추의 알싸한 맛이 더해지면 저절로 밥 한 공기가 뚝딱 들어간다. 생합으로 만든 죽도 별미다. 조개의 깊은 맛이 쌀알 하나하나에 배어들면 몸이 따뜻해지고 마음조차 편안해진다.

섬이 간직한 이야기들

볼음도는 생합만 유명한 게 아니다. 강화 밴댕이의 대부분이 이 섬에서 나온다고 한다. 마을 주민에게 부탁하면 갯벌에 기둥을 박아 잡는 건강망(주목방)으로 잡은 병어, 숭어, 밴댕이, 삼치도 맛볼 수 있다.

마을 한가운데 서 있는 은행나무는 무려 800년이 넘었다. 천연기념물 304호로 지정된 이 나무는 오랜 세월 동안 마을 사람들의 기쁨과 슬픔을 함께 지켜봐 왔다. 여름이면 시원한 그늘을 만들어주고 가을이면 황금빛 잎으로 마을을 물들인다.

이 마을에는 수령 500년이 되었다는 매화나무가 있었다. 그러나 얼마 전 혹독한 추위를 견디지 못하고 끝내 세상을 떠났다고 한다. 몇 년 전 방문했을 때 집주인이 따뜻한 차 한 잔과 함께 건네주신 사진만이 소중한 추억으로 남아 있다. 언젠가 그 매화나무가 다시 살아나기를 조용히 기대해본다.

이 섬에는 귀한 손님들도 많다. 노랑부리백로와 저어새 같은 천연기념물 새들이 대규모로 서식한다. 마을 사람들은 이런 자연을 지키기 위해 친환경 방식으로 벼를 키운다. 농약을 최소화하고 자연 그대로의 방법으로 농사를 짓는다. 그래서 볼음도 쌀은 강화에서 가장 맛있다는 평을 듣는다. 새들과 사람이 함께 만들어낸 자연의 맛이다.

강화 나들길 13코스인 볼음도길을 걷는 그것도 빼놓을 수 없다. 갯벌을 따라 논길로 이어지는 길을 걷다 보면 시간 가는 줄 모른다. 바람 맞으며 갯벌 냄새 맡으며 걷다 보면 복잡했던 머릿속이 깨끗해진다. 가끔은 이렇게 아무 생각 없이 걷는 시간이 필요하다.

봄철, 워크숍으로 좋은 섬

볼음도에는 민박집도 많고 마을에서 운영하는 게스트 하우스도 있다. 친구들이나 회사 워크숍으로 함께 가도 좋다. 갯벌에서 생합을 잡

아 그 자리에서 싱싱한 조개를 맛보고 밤에는 별을 보며 생합탕을 먹는
다. 다음 날 아침엔 바닷바람을 맞으며 강화 나들길을 걸어보자.

도시에서는 느낄 수 없는 것들이 섬에는 있다. 드넓은 갯벌, 조개를
찾았을 때의 짜릿함, 직접 잡은 생합의 맛. 5월이 오면 한 번쯤 워크숍
으로 볼음도에 가보면 어떨까. 진짜 자연을 만날 수 있을 것이다.

섬 노트

볼음2리 마을은 친환경 농법 덕분에 8월 밤이면 반딧불이를 볼 수 있
다. 갯벌 체험은 물이 많이 빠지는 사리 때 좋다. 방문객이 많아 배편
도 예약해두는 것이 필수다. 강화 나들길 13코스 볼음도길은 볼음선
착장에서 출발해 조개골 해변, 영뜰해변, 광산 전망대, 요옥산 갈림
길, 마을을 거쳐 선착장으로 돌아오는 코스다.

은빛 까나리의
계절

봄날 백령도에서는 신기한 광경을 볼 수 있다. 어부들이 그물을 끌어 올릴 때마다 은빛 물결이 햇살에 반짝이며 출렁인다. 그물에 가득 담긴 까나리 떼가 만들어내는 장면이다.

식당에서 밥상이 나오면 멸치 같기도 하고 아닌 것 같기도 한 마른 반찬이 나온다. 멸치보다 조금 더 길쭉하나 비린내 대신 고소한 향이 먼저 코끝을 스친다. 이게 바로 까나리다. 처음 보는 사람들은 그냥 멸치 비슷한 거려니 생각하지만 한 번 맛보면 확실히 다르다는 걸 알게 된다.

〈사진: 말린 까나리〉

백령도 밥상의 비밀

까나리를 멸치랑 헷갈리는 사람들이 많다. 생김새가 비슷하니 당연한 일이다. 하지만 둘은 완전히 다른 집안 식구다. 까나리는 농어 쪽 가족이고, 멸치는 청어 쪽 친척이라고 보면 된다.

까나리는 날씬한 몸에 주둥이가 뾰족하고 아래턱이 살짝 튀어나와 있다. 우리나라는 물론이고 일본, 사할린, 알래스카까지 찬 바다를 좋아해서 그쪽에 주로 산다. 모래가 깔린 바다 밑바닥에 떼를 지어서 모여 사는 걸 좋아한다.

영양은 어떨까. 까나리에는 칼슘이 듬뿍 들어 있어서 성장기 학생들이나 어르신들 뼈 건강에 좋다. 까나리는 고소한 맛이 있어 아이들이나 멸치를 싫어하는 사람도 먹기 좋다. 더 놀라운 건 불포화지방산이 멸치보다 세 배나 많다는 점이다. 그 안에 든 EPA오메가-3 지방산의 한 종류라는 성분이 혈관을 깨끗하게 하고 혈압도 조절해 준다고 하니, 작은 생선 하나에 이만한 보물이 또 어디 있을까.

보통 사람들은 김치를 담글 때 새우젓이나 멸치액젓을 넣지만 백령도에서는 까나리액젓을 사용한다. 황해도 사람들도 예부터 까나리액젓을 즐겨 썼다고 한다.

백령도 밥상에서 까나리는 단순한 반찬이 아니다. 김치, 국, 나물, 겉절이, 조림까지 온갖 음식에 들어간다. 백령도의 맛은 까나리에서 시작된다는 말이 괜히 나온 게 아니다.

바싹 말린 까나리를 기름에 볶으면 밥도둑이 따로 없다. 해방 전부터 황해도에서 즐겨 먹던 반찬이었다고 하니 그 역사도 오래됐다. 꾸덕꾸덕하게 말린 걸 자작하게 조려도 별미고, 싱싱한 걸 팔팔 끓는 물에 마늘, 파 넣고 까나리액젓으로 간 맞춰 국이나 찌개로 끓여도 일품이다. 한 가지 생선으로 이렇게 다양하게 먹을 수 있다는 게 신기할 따름이다.

재미있는 건 냉면 이야기다. 백령도 사람들이 냉면에 까나리액젓을 넣어 먹는 걸 보고 외지 손님들이 신기해했다. 하나둘 따라 하다 보니 이제는 인천에서 백령도 냉면을 먹을 때 까나리액젓 넣는 게 하나의 문화처럼 자리 잡았다.

까나리잡이는 주로 4월 중순부터 6월 중순까지 이뤄진다. 이 시기에 백령도 바다 온도와 모래밭 지형이 딱 맞아떨어져 까나리가 활동하는 시기이다. 예부터 백령도와 북한 남포시 초도 앞바다는 까나리가 많이 잡히는 곳으로 유명했다.

3년을 기다리는 깊은 맛

까나리로 액젓을 만드는 과정은 생각보다 정성이 많이 든다. 바다에서 막 건져 올린 싱싱한 까나리에서 잡고기와 이물질을 골라내고 깨끗이 씻는다. 그다음 까나리와 천일염을 7대 3 비율로 섞어서 독에 담는다.

여기서부터가 진짜 기다림이다. 짧으면 2년, 길면 3년을 두고 천천히 삭힌다. 시간이 지나면서 까나리는 맑은 액으로 변한다. 충분히 익은 액을 고운체로 걸러내면 비로소 까나리액젓이 완성된다. 구수한 냄새와 진한 맛을 가진 천연 조미료가 탄생한다. 까나리액젓은 국, 찌개, 어디든 잘 어울린다.

얼마 전, 경인 서부수협에서는 새 기계를 들여놓고 까나리 액젓을 위

생적으로 관리한다고 한다. 염장 까나리 75%, 천일염 25%만 넣고 조미료나 보존료 같은 첨가물은 전혀 넣지 않는다. 옛날 방식을 지키면서도 현대적으로 깨끗하게 만든다고 한다.

이처럼 훌륭한 까나리액젓이 예능 프로그램의 벌칙 아이템으로 사용되고 있다. 까나리액젓에 대한 오해가 풀렸으면 한다.

〈사진: 백령도 까나리 액젓〉
사진 제공: 경인 서부수협

농수산물이나 가공품의 품질과 명성이 특정 지역의 기후와 토양 등에서 비롯될 경우, 그 원산지명을 지식재산권으로 보호하는 지리적 표시제가 있다. 백령도에서 잡아 만들고 파는 게 모두 섬에서 이뤄지는 만큼, 이 역시 지리적 표시제를 받아볼 만하다는 목소리도 나온다.

햇살에 번쩍이는 은빛 까나리 떼가 그물 안에서 팔딱거리는 5월에서 6월 백령도에서 까나리 축제를 열어보면 어떨까 하는 상상도 해본다.

백령도의 맛은 까나리에서 시작된다는 말. 백령도 밥상에 오른 까나리 한 마리를 보면서 그 뒤에 숨은 이야기들을 떠올려 본다. 바다 냄새, 어부들의 손길, 오랜 기다림 끝에 완성되는 맛. 그게 바로 백령도 까나리가 가진 진짜 이야기다.

섬 노트

백령도 까나리액젓은 멸치액젓에 비해 담백하고 은은한 단맛이 특징
이다. 현지의 마트와 기념품 가게는 물론 인터넷에서도 구입할 수 있
다. 말린 까나리는 기름기가 많아 오래 보관하기 어려운 편이라 제철
인 5월부터 7월 사이에 반찬으로 즐긴다.

자연산 미역이
자라는 바다

인천에서 배를 타고 3~4시간을 가야 닿는 곳. 소청도, 대청도, 백령도. 이 섬들이 가장 바빠지는 계절이 있다. 바로 5월 중순부터 6월까지 바다가 선물하는 자연산 미역을 건지는 시간이다.

아침 일찍 물때를 맞춰 나가는 어민들의 손길이 분주하다. 파도에 일렁이는 미역을 하나하나 뜯어내는 모습은 마치 밭을 수확하는 농부 같다. 이곳 자연산 미역은 맛이 특별하다는 소문이 오래전부터 있었다. 한 번 먹어본 사람들은 다른 미역이 밋밋하게 느껴진다고 할 정도다.

5월 하순이 되면 소청도, 대청도, 백령도는 푸른 바다 빛깔과 함께 해안가에 미역 말리는 광경을 볼 수 있다.

〈사진: 자연산 미역 채취 〉 사진 제공: 소청도 이은철

미역도 사람처럼 좋아하는 온도가 있다. 너무 덥거나 추우면 잘 자라지 못한다. 미역의 포자는 17℃에서 20℃ 사이 물에서 가장 잘 자란다. 25℃가 넘어가면 성장을 멈춘다고 한다.

소청도 바다는 5월에 평균 13.4℃, 6월에는 18.5℃ 정도다. 미역이 자라기에 딱 좋은 온도다. 7월이 되면 25℃까지 올라가 그 전에 서둘러 수확을 마쳐야 한다. 그래서 이 섬들에서는 6월 20일을 전후로 미역 채취가 마무리된다.

사실 해조류는 꽤 까다로운 식물이다. 물의 온도뿐 아니라 염분 농도, 빛의 양, 밀물과 썰물, 파도의 세기, 바닷물 속 영양분까지 모두 영향을 받는다. 같은 바다라도 계절이 바뀌면 자라는 해조류의 종류가 달라지는 이유다. 실제로 승봉도에 6월경 미역을 따러 가면 어느 해는 풍성하지만 어떤 해는 미역 흔적도 볼 수가 없었다.

미역에 얽힌 이야기

우리 어머니들은 아이를 낳으면 으레 미역국을 끓여 먹었다. 그저 관습이려니 했는데 알고 보면 과학적인 이유가 있다. 미역에는 칼슘이 많이 들어있고 몸에 잘 흡수된다. 출산 후 칼슘이 많이 필요한 산모에게 제격이다. 갑상샘 호르몬을 만드는 요오드도 풍부하다. 선조들의 지혜가 새삼 대단하다는 생각이 든다.

요즘 마트에서 파는 미역은 대부분 양식이다. 물에 담그면 엄청나게 부푼다. 처음 미역국을 끓이는 사람들이 겪는 웃음거리가 있다. 미역이 얼마나 부풀지 몰라서 듬뿍 넣었다가 일주일 내내 미역국만 먹게 되는 상황이 벌어진다.

더 황당한 일도 있다고 전해진다. 집에 먹을 것이 없던 한 자취생이 마른 양식 미역을 많이 먹고 잠들었다가, 뱃속에서 미역이 계속 부풀어 올라 응급실까지 갔다는 이야기도 전해진다.

하지만 자연산 미역은 다르다. 양식처럼 그렇게 많이 부풀지 않는다. 먹고 싶은 만큼 넣으면 된다. 물에 불린 뒤 15분쯤 지나면 손으로 미역을 여러 번 비벼주는 게 좋다. 그러면 담백하고 깊은 맛이 난다.

섬사람들의 미역국 조리법

백령도나 소청도, 대청도는 5~6월에 미역을 채취하여 겨울이면 홍합을 넣고 홍합 미역국을 끓인다. 6월에서 7월 사이 대청도에는 성게가 많이 잡힐 때는 성게를 넣는다. 자연산 미역에 싱싱한 홍합이나 성게가 더해지면 국물이 정말 시원하다. 인공 조미료가 전혀 필요 없는 맛이다. 무더운 여름날에는 미역냉국도 별미다. 자연산 미역에 오이를 썰어 넣고 시원하게 만든 미역냉국 한 그릇이면 더위가 한결 나을 것 같다. 섬에서 나고 자란 재료들로 만든 음식은 역시 다르다.

해조류의 미래

백령도 바다를 조사한 연구보고서에 놀라운 사실이 담겨 있다. 녹조류 7종, 갈조류 12종, 홍조류가 무려 76종. 총 95종의 해조류가 섬 주변 바다에서 자란다. 제대로 연구하고 활용 방법을 찾는다면 새로운 가능성이 열릴지도 모른다. 미역 하나에도 이렇게 많은 이야기가 담겨 있는데 다른 해조류들은 또 어떤 비밀을 품고 있을까.

세계은행 보고서를 보면 흥미로운 전망이 나온다. 해조류가 앞으로 식품을 넘어 바이오 섬유, 의약품, 심지어 건축 자재로까지 쓰일 수 있다는 것이다. 바다가 우리에게 건네는 가능성은 생각보다 무궁무진하다.

언젠가 그 계절에 섬을 찾아갈 수 있다면, 갓 건진 자연산 미역으로 끓인 성게를 넣은 미역국 한 그릇을 맛보고 싶다. 서해 끝 섬이 선물하는 그 특별한 맛을 직접 느껴보는 날을 기다린다.

〈사진: 자연산 미역 말리기〉

섬 노트

미역은 현지 주민에게 구입하거나 옹진군에서 운영하는 옹진자연몰에서 구입할 수 있다. 자연산 건미역은 보관이 쉬워 사계절 먹을 수 있다. 갈조류인 '톳'은 4~5월이 제철인데, 이때 톳이 제일 부드럽고 맛도 좋다. 톳은 칼슘이랑 철분, 섬유소가 미역이나 다시마보다 많이 들어 있다.

PART 3

여름,
바다의 풍요

"바다보다 장엄한 광경은 하늘이고,
하늘보다 장엄한 광경은 사람의 영혼이다."
- 빅토르 위고, 『레 미제라블』 중에서

온갖 체험이
기다리는 섬

썰물이 빠지면 비로소 모습을 드러내는 모래섬, 탁 트인 해변을 따라 걷는 일주 코스, 느긋한 등산과 해수욕에 낚시까지. 이 모든 걸 한 섬에서 누릴 수 있다. 등산이나 해안 걷기가 부담스러운 사람도 그저 바다를 바라보며 쉬고 싶은 사람도 당일치기로 찾아갈 수 있는 섬, 대이작도 이야기다.

배를 타고 1시간. 인천 연안부두를 떠나 바다를 가르면 대이작도가 나타난다. 대부도 방아머리 선착장에서는 40분이면 닿을 수 있어서 아침에 나와 오후에 돌아가도 충분한 거리다.

하루에 두 번 나타나는 바다의 모래섬

대이작도의 가장 신비로운 풍경은 작은풀안 해수욕장 앞 바다에 있다. 밀물과 썰물에 따라 하루에 두 번 바다 한가운데 거대한 모래섬이 모습을 드러낸다. 이름하여 '풀등'이다. 생태계보전지역 4호로 지정된 이곳은 강물 속에 모래가 쌓이고 그 위에 풀이 자라서 붙여진 이름이라

〈사진: 대이작도 풀등〉 사진 제공: 최경희 작가

고 한다.

작은풀안 마을에서 배를 타고 10분쯤 나가면 풀등에 닿을 수 있다. 대이작도와 무인도인 사승봉도 사이, 평소에는 바닷물에 잠겨 있던 모래톱이 썰물 때가 되면 드넓은 육지로 변한다. 물이 빠진 모래섬을 맨발로 걷는 기분은 꽤 특별하다.

예전에는 인천 주변 섬들 사이에서 이런 풀등을 자주 볼 수 있었다고 한다. 문갑도와 굴업도 사이, 장봉도 주변에도 나타났으나 이제는 보기 힘들어졌다. 그래서 대이작도의 풀등이 더 소중하게 느껴진다.

〈사진: 대이작도 부아산 정상〉

등산에 해수욕까지

등산을 좋아한다면 부아산을 추천한다. 선착장에서 오형제 바위를 지나 부아산 정상을 거쳐 작은풀안 마을로 내려오는 코스는 약 2시간 정도 걸린다. 부아산이라는 이름은 아기를 업은 형상을 닮았다고 해서 붙여졌다. 중간쯤에 구름다리가 있는데 그곳에서 바라보는 경치가 특히 인상적이다. 정상에 서면 주변 풍경이 시원하게 펼쳐지며 일출과 일몰을 모두 감상할 수 있다. 남쪽 바다를 내려다보면 커다란 화물선들이 줄지어 정박해 있는 모습이 보인다. 저 배들은 인천항으로 들어가기 전 이곳에서 도선사의 안내를 받을 준비를 하는 것이다.

부아산 외에도 송이산이 있어서 등산 코스를 선택할 수 있다. 송이산 정상에서 승봉도를 보는 풍경도 놓치기 아깝다. 멀리 자월도가 한눈에 보인다.

등산이 부담스럽다면 해변을 걸어도 좋다. 큰풀안 해수욕장과 작은풀안 해수욕장, 목장불 해수욕장까지 세 곳의 해수욕장이 있어서 가족 단위로 와서 쉬기도 좋다. 여름에는 수영을 즐길 수 있고, 물놀이하기 싫다면 그늘에 앉아 바다를 바라보는 것만으로도 충분하다.

이작3리 개남리에는 〈섬마을 선생님〉 촬영지가 있다. 개남 분교를 지나 솔밭길을 따라 이작2리까지 걷는 코스도 좋다. 나무들이 하늘을 가려주는 숲길이라서 한여름에도 시원하게 걸을 수 있다. 개남 분교 선착장에서 왼쪽 송곳부리, 오른쪽 계남부리가 낚시 포인트다. 섬을 걷다 보면 오래된 시간의 흔적을 밟고 있다는 생각이 든다. 섬을 걷다가 배가 고프면 농어 건작탕을 맛보는 것도 좋다.

뽀얀 국물 속 깊은 맛의 정체

이작도에서는 겨울이나 초봄에 잡은 농어를 바닷바람에 말린다. 꾸덕꾸덕하게 말린 농어는 생선 특유의 비린내가 사라지고 대신 짭조름하면서도 구수한 맛이 배어든다. 해풍에 말린 농어는 또 다른 매력을 지닌다.

〈사진: 대이작도 농어 건작탕〉
사진 제공: 이작 아일랜드

계남분교 근처에서 식당을 하는 주인은 말린 농어로 국을 끓이는 법을 알려줬다. 먼저 말린 농어를 잘게 썰어서 물에 담가둔다. 15분 정도 담가두면 지나치게 짠맛이 빠진다고 한다. 그다음 쌀뜨물에 무를 넣고 끓이다가 손질한 농어를 넣는다. 중간 불에서 천천히 끓이면 국물이 뽀얗게 우러난다. 마지막으로 청양고추와 마늘, 두부를 넣으면 한 그릇의 농어 건작탕이 완성된다.

농어 건작탕의 매력은 국물에 있다. 한 숟가락 떠서 입에 넣으면 처음엔 담백하고 짭조름하다. 그런데 삼키고 나면 입안 가득 깊은 맛이 퍼진다. 농어 살에서 우러나는 감칠맛과 뼈에서 우러나는 진한 맛이 겹치면서 만들어내는 조화다.

대이작도의 가장 큰 매력은 온갖 체험이 가능하고 부담 없이 하루에 다녀올 수 있다는 점이다. 배를 타고 가서 풀등을 걸어보자. 부아산에 올라 바다를 내려다보고 해변을 따라 걸으며 섬의 이야기를 듣는다. 저녁 배를 타고 돌아오는 길에 배 난간에 기대어 섬을 바라보면 하루가 꽤 알차게 느껴진다.

섬 노트

풀등을 방문하기 전에는 물때를 미리 확인하는 것이 중요하다. 밀물이 들어오기 시작하면 풀등이 바닷속으로 잠긴다. 대이작도에는 약 35억 년 전에 형성된 우리나라에서 가장 오래된 암석이 있다. 주변에 데크가 잘 갖춰져 있어 여유롭게 걷기에도 좋다.

2

주렁주렁 달리는
단호박

더운 여름이 왔다. 더위에 지쳐 입맛도 없고 기운도 떨어지는 날들. 그런데 옛날 사람들은 어땠을까? 냉장고도 없고 에어컨도 없던 시절에 어떻게 여름을 견뎌냈을까? 답은 의외로 간단했다. 주변에 흔한 채소들이 있었다. 오이, 호박, 가지 같은 것들로 부족한 수분도 채우고 영양도 보충했다고 한다.

특히 호박은 정말 쓸모가 많았다. 어린 호박은 나물이나 전으로 만들어 먹고 늙은 호박은 떡이나 죽으로 만들어 먹었다. 심지어 호박잎까지 쪄서 쌈을 싸 먹었다니 버릴 게 하나도 없는 덩굴성 채소였던 셈이다. 바다를 끼고 있는 인천에서는 호박에 새우젓을 넣은 호박 찌개가 인기 있는 음식이다.

신도 · 시도 · 모도, 덕적도에서 자라는 달콤한 보물

요즘 건강식품으로 주목받는 단호박, 혹시 알고 있나? 일반 호박보다 작고 진한 녹색 껍질에 노란 속살을 가진 이 녀석은 사실 서양에서 온

호박이다. 우리나라에는 200년도 더 전인 18세기 말에 들어왔다고 하니 꽤 오래된 식구인 셈이다. 단호박이 우리가 평소 먹던 호박과 다른 점은 뭘까? 일단 당도가 훨씬 높다. 달콤해서 디저트로 먹어도 손색이 없을 정도다. 게다가 단백질, 지방, 비타민A, B1, B2, C, 철분, 카로틴 같은 영양소가 풍부하다고 한다. 몸에 좋은 성분들이 가득 들어있어 건강식품으로 인기를 끄는 게 당연하다.

그런데 단호박이 처음부터 우리 밥상에 오른 건 아니었다. 1970년대부터 주로 일본에 수출하기 위해 키웠다고 한다. 그러다가 건강에 관한 관심이 높아지고 유럽이나 북미에서도 수요가 늘어나면서 국내에서도 점점 많이 재배하게 되었다. 요즘은 여름이면 우리 밥상에서도 쉽게 볼 수 있는 열매를 먹는다.

인천 섬, 신도·시도·모도, 덕적도에서는 4월에 단호박 모종을 심는다. 그리고 정성스럽게 키워 6월 말이나 7월 초순이 되면 수확한다. 바로 판매하지 않는다. 일주일 정도 후숙이라는 과정을 거쳐야 당도가 높아진다.

신도·시도·모도를 걷다 보면 참 멋진 풍경을 만날 수 있다. 제주도와 전남 지역에서는 단호박을 땅에서 키우지만, 신도·시도·모도, 덕적도에서는 집 앞이나 길가에 단호박 덩굴이 주렁주렁 매달려 있다. 마치 고향 집에서 보던 박처럼 포근하고 정겨운 느낌이 든다. 방학 때 할머니 댁 텃밭에 놀러 갔을 때와 딱 그런 느낌이다.

그래서 그런지, 이 섬에서 자란 단호박은 특별하다. 다른 지역에서

〈사진: 단호박〉

나는 그것이나 수입한 단호박 하고는 비교가 안 된다. 당도가 훨씬 높으며 식감도 밤처럼 빠삭하다. 한번 맛보면 다른 단호박은 못 먹게 될 정도다. 그래서 사람들 사이에서 입소문이 나서 인기가 아주 높다.

호박회관이라니, 어떤 곳일까?

덕적도 진리에 가면 특별한 곳이 있다. 이름하여 호박회관. 카페이지만 평범한 카페가 아니다. 이곳에서는 단호박으로 만든 온갖 제품을 팔고 있다. 단호박 식혜, 단호박 만쥬, 양갱, 마들렌 등. 생각만 해도 달콤한 향이 코끝에 맴도는 것 같다.

〈사진: 덕적도 호박회관〉

이 호박회관은 약 8년 전, 진리 주민 이현주의 아이디어에서 시작됐다. 마을공동체 사업으로 단호박 연구회를 만들어 회원들과 함께 재배를 시작하였다. 처음에는 작은 시도였지만 지금은 전국적으로 유명한 곳이 되었다. 덕적도의 명소가 된 것은 물론이고, 지역 주민들의 소득도 높아지며 일자리도 생겼다. 정말 멋진 일이다. 한여름에도 호박회관을 방문하는 사람들이 줄을 서 있어 자리가 부족한 실정이다.

여름, 섬으로의 초대

시도 섬에는 단호박만 있는 게 아니다. 수기 해수욕장이라는 멋진 곳도 있다. 수심이 얕고 경사가 완만해서 가족들과 놀러 가기 딱 좋다. 어린이들을 위한 물놀이 시설은 물론 야영도 할 수 있다. 연인들의 데이트 코스로도 인기가 많다. 이 해수욕장은 한때 외국인들도 많이 찾았던 곳이다. 송혜교와 비가 출연했던 드라마 〈풀하우스〉 촬영지로 유명해지면서 말이다.

신도 · 시도 · 모도에 가려면 영종도 삼목선착장에서 배를 타야 한다. 신도 선착장에 내려서는 마을버스나 전기자전거, 차량을 이용하면 된다. 오는 5월에 영종도와 신도 사이에 다리가 완공된다고 하니 더 편하게 갈 수 있을 것 같다.

여름이 오면 한 번쯤 가보는 건 어떨까? 길가에 단호박이 주렁주렁 달린 광경도 보고, 달콤한 단호박 식혜도 맛보자. 수기 해수욕장도 보고, 둘레길도 걸어보면 좋겠다. 느릿느릿 섬 길을 걷다 보면 어느새 일상의 스트레스는 사라지고 마음속 깊은 그곳에서 평온함이 찾아올지도 모른다.

섬 노트

단호박은 옹진농협 시도 지점이나 신도 선착장 농산물 판매장, 옹진 자연몰에서 구입할 수 있다. 시도에는 천일염을 생산하는 염전이 있으며 폐교를 개조한 카페에서 단호박 식혜 등을 맛볼 수도 있다. 모도에는 조각가 이일호 씨가 가꾼 배미꾸미 해변이 있어 독특한 풍경을 선사한다. 현재 인천시에서는 신도·시도·모도를 잇는 생태 둘레길을 조성 중이다.

민어 소리
가득했던 어장

여름밤, 섬마을 마당에 앉아 있으면 바다 건너편에서 이상한 소리가 들려온다. 개구리 울음소리 같기도 하고, 두꺼비 울음소리 같기도 한 그 소리. 백아도에 사시던 한 어르신은 어릴 적 저녁을 먹고 집 마당에 나오면 그 소리가 또렷하게 들렸다고 회상했다. 그 정체는 바로 민어였다. 산란을 앞둔 민어 떼가 바닷속에서 내는 소리가 그렇게 육지까지 들렸다.

지금은 상상하기 힘든 풍경이다. 물고기 소리가 바다 건너 육지까지 들릴 만큼 많았다니. 그만큼 민어는 우리 바다에 흔한 물고기였다. 하지만 이제 그 풍경은 어르신들의 기억 속에만 남아 있다.

〈사진: 민어〉
사진: 국립수산과학원

제사상에 오른 백성의 물고기

민어라는 이름 자체가 재미있다. 백성 민(民) 자에 물고기 어(魚) 자. 말 그대로 백성의 물고기다. 예로부터 사람들의 사랑을 받아온 물고기라는 뜻이다.

제사상에는 숭어와 나란히 놓였고, 양념을 발라 구우면 담백하면서도 달콤한 맛이 났다. 회로 먹으면 살이 하얗고, 고소하며 은은한 단맛이 돌았다. 얼큰한 찌개를 끓여도 좋고, 시원한 맑은국을 끓여도 맛있었다. 민어살을 발라 말린 뒤 설탕과 간장에 담갔다가 그늘에 말려 먹는 민어포는 술안주로 최고였다. 무더운 삼복더위에는 민어만 한 보양식이 없다고들 했다.

민어는 크기에 따라 이름도 달랐다. 서울과 인천에서는 네 뼘 이상 되는 그것을 민어라 불렀고, 세 뼘 정도면 상민어, 세 뼘 조금 안 되면 어스레기, 두 뼘은 가리, 그보다 작으면 보굴치라고 불렀다. 크기마다 제각각 이름을 붙여줄 만큼 민어는 우리 삶과 가까이 있었다.

민어는 여름이 되면 서해로 올라온다. 6월에서 8월 사이에 산란을 위해 북상하는 것이다. 민어는 무리 지어 다니는 습성이 있어서 바다에 굵은 봉을 꽂고 귀를 가져다 대보면 가까이 지나가는 민어 떼의 소리를 들을 수 있었다고 한다.

그래서 서해의 섬들은 여름이 되면 민어를 잡으러 온 어부들로 북적였다. 굴업도가 대표적이다. 원래 조기 어장으로 유명했던 굴업도는 1916년부터 민어 파시가 열리기 시작했다. 조류가 빠른 곳에 닻으로 그물을 고정해 물고기를 자루 모양 그물에 가두어 잡는 안강망 방식으로 민어를 잡으면서부터다. 파시란 고기잡이 배들이 한데 모여드는 임시 어시장 같은 곳이다. 1920년대에 굴업도는 조기와 민어를 잡는 주요 어장이 되었다.

1923년 8월, 큰 폭풍이 휩쓸고 지나가면서 굴업도의 민어 파시는 문을 닫았다. 그 뒤 어부들은 근거지를 덕적도 북리로 옮겼다. 연평도에서 5월 말까지 조기를 잡은 어부들은, 그 이후 새우를 잡고 7월이 되면 덕적도, 굴업도, 백아도 근처로 다시 모여들었다. 민어잡이가 시작되는 것이다. 특히 선미도, 소야도와 소이작도 사이의 반도 골, 백아도, 강화 주문도 근처에서는 큰 민어들이 많이 잡혔다고 한다.

섬마을에서 같은 날 제사를 지내는 이유

하지만 여름 바다는 아름답기만 한 곳이 아니었다. 민어잡이 시기인 7월에서 9월은 태풍이 오는 시기이기도 했다. 당시 작은 어선들은 일기예보도 없이 바다로 나갔다가 갑자기 몰아친 태풍을 만나곤 했다.

여름에 섬마을을 방문하면 같은 날에 여러 집에서 제사를 지내는 모습을 볼 수 있다. 바다에서 함께 조난당한 사람들의 기일이 같았기 때문이다. 민어는 생계를 주었지만, 동시에 슬픔도 가져왔다. 덕적도 능동자갈마당 입구에는 1931년 8월 태풍으로 55명이 희생되자 경기도 수산회 덕적도 어업조합에서 조난자 위령비를 세웠다.

〈사진: 덕적도 조난자 위령비〉

어민들의 일기예보에 대한 갈망인지 모르지만, 1959년 금성사에서 국산 라디오가 처음 나왔다. 그런데 밀수된 외제 라디오들 때문에 회사는 계속 적자였다. 1961년 군사 쿠데타로 들어선 정부는 농어촌에 라디오를 보급하기 시작했다. 날씨가 생명인 어민들에게 라디오는 꼭 필요한 물건이었다. 어쩌면 어민들의 간절한 바람이 라디오 보급을 앞당겼는지도 모른다. 덕분에 바다로 나가기 전에 일기예보를 들을 수 있게 됐다.

사라진 물고기

통계를 보면 민어가 얼마나 많이 잡혔는지 알 수 있다. 1958년 우리나라에서 잡힌 민어는 1,527톤이었는데, 그중 650톤이 인천에서 잡혔다. 전체의 42.6%다. 민어는 조기와 함께 서해안을 대표하는 물고기였다.

1960년대에 들어서면서 어획량은 더 늘어났다. 1964년에는 4,174톤으로 최고를 기록했다. 그러나 민어는 급격히 줄어들기 시작해 1971년에는 967톤으로 떨어졌다. 그 이후 인천에서 잡힌 민어의 양을 보면 더 놀랍다. 1981년 242톤, 1990년 169톤, 2000년 15톤, 2010년 43톤, 그리고 2022년에는 고작 2톤. 1990년대 중반부터 민어는 거의 자취를 감췄다.

1970년대 이후 원양어선이 발달하면서 먼바다에서 잡은 민어와 민어 종류의 물고기들 수입이 증가하였다. 하지만 우리 바다, 우리 섬 근처에서 잡히던 그 민어는 귀하다. 굴업도와 덕적도의 민어는 사라진 지 오래다. 이제는 어르신들의 추억 속 이야기로만 남았다.

여름밤 섬마을 마당에서 민어 소리를 들을 수 있었던 시절. 300척이 넘는 배들이 작은 섬으로 몰려들던 풍경. 민어로 끓인 민어탕 냄새가 마을 골목을 가득 채우던 때.

이런 이야기들은 이제 역사책이나 어르신들의 기억 속에만 남아 있다. 백성의 물고기, 민어. 서해안을 대표하던 그 물고기가 다시 우리 바다로 돌아올 방법은 없을까.

> **섬 노트**
>
> 민어는 6~8월이 제철이다. 특히 7월부터 살이 포동포동 올라오기 시작한다. 신포동 일대와 연안부두 주변 식당에서 싱싱한 민어회와 탕을 맛볼 수 있다.

4 백령도

심청 설화의
고향

7월 여름날 연못 위로 활짝 핀 연꽃을 보면 자연스럽게 한 사람이 떠오른다. 연꽃을 타고 용궁에서 세상으로 돌아온 심청이다. 놀랍게도 심청의 흔적이 살아 숨 쉬고 있는 곳은 서해 끝자락 백령도다.

백령도는 인천에서 배로 한참을 달려야 닿을 수 있는 먼 섬이다. 직선거리로도 230km나 떨어져 있어 서울에서 대전까지 가는 거리보다 더 멀다. 날씨가 맑은 날이면 북한 땅이 눈앞에 펼쳐질 만큼 가깝다. 실제로 북한의 황해도 장연군과는 10km도 채 떨어져 있지 않다.

해방 전까지만 해도 백령도 사람들은 북쪽 지역과 자유롭게 오갔다. 배를 타고 남포를 거쳐 황주나 평양까지 장을 보러 다니던 일상적인 생활권이었다. 지금은 상상하기 어렵지만 당시 백령도는 북한의 황해도 지역과 하나의 문화권을 이루고 있었다.

판소리로 전해진 효녀 심청의 전설

심청전의 기원을 연구해 온 학자들에 의하면 봉산 출신의 한 판소리

〈사진: 심청각에서 본 인당수〉 사진 제공: 김지연

명창이 처음 심청가를 부를 때 주인공의 고향을 북한 황주로 설정했다고 한다. 황주는 백령도에서 배를 타고 갈 수 있는 도시였다. 단순한 우연이 아니었던 셈이다. 이야기의 무대가 된 장소들이 실제로 백령도 곳곳에 남아 있기 때문이다.

심청전은 태몽, 효행, 재생, 그리고 시각장애인이 눈을 뜨게 되는 기적까지 네 가지 설화가 하나로 엮인 이야기다. 백령도에서 시작된 설화가 판소리로 불리면서 전국으로 퍼져나갔고 다시 섬으로 돌아와 사람들 입에서 입으로 전해지며 더욱 풍성해졌다.

심봉사에게 시주할 쌀 삼백 석을 약속했던 절은 몽은사라는 곳이었다고 전해진다. 그리고 심청이가 인당수에 몸을 던지기 위해 중국 상인들의 배에 올라탄 장소가 바로 백령도의 장천 포구다. 지금도 그 포구는 그대로 남아 파도 소리를 들려준다.

백령도와 북한의 장산곶 사이 바다를 사람들은 인당수라 부른다. 이곳의 물살은 정말 거칠기로 유명하다. 두 육지 사이를 흐르는 조류가 빠르게 움직이며 소용돌이를 만들어낸다. 심청이가 몸을 던진 곳으로 이보다 더 적합한 장소가 있을까 싶을 정도다.

인당수에 몸을 던진 후 용궁에 다녀온 심청이 연꽃을 타고 다시 세상으로 나온 곳은 연화리 해안이라고 한다. 연꽃 '연'자에 꽃 '화'자 쓰는 마을 이름부터가 의미심장하다. 실제로 이 해안 근처를 걷다 보면 아름다운 바위들이 펼쳐진다. 파도에 씻긴 바위들은 마치 연꽃잎처럼 겹겹이 쌓여 있다.

〈사진: 백령 심청 효 테마파크〉

국경과 이념을 뛰어넘은 심청

재미있는 점은 심청 이야기를 자기 고장의 전설로 여기는 곳이 한두 군데가 아니라는 사실이다. 전남 곡성에서는 2000년부터 심청 축제를 열고 있다. 관음사에 전해지는 이야기를 근거로 심청을 실제 인물로 설정하여 아버지와 함께 곡성에서 살았다고 주장한다. 심지어 중국 닝보에서는 심청전이 한국에 전해준 전래 설화라며 심청각이라는 건물까지 세워놓았다고 한다.

서로 다른 주장들이 오가지만, 이것이 오히려 심청전의 매력이 아닐까. 한 사람의 효심과 희생을 담은 이야기가 남북한은 물론 중국까지 감동을 줬다는 뜻이니까. 국경과 이념을 뛰어넘어 사람들의 마음을 움직인 힘이 바로 여기에 있다.

얼마 전 백령도 심청각을 찾은 한 방문객은 아쉬움을 토로했다. 초기에 만들어진 전시 내용이 그대로여서 최근의 연구 성과가 제대로 반영되지 않았다는 것이다. 심청 이야기에 대한 새로운 발견과 해석들이 계속 나오고 있지만, 정작 무대가 된 섬에서는 이를 제대로 반영하지 못하고 있다는 지적이다.

곧 백령도에 공항이 들어선다고 한다. 누군가는 공항 이름을 '백령 심청 공항'으로 짓자는 제안도 내놓았다. 섬에서 나오는 특산물에 심청 브랜드를 붙이면 어떻겠냐는 아이디어도 있다. 단순히 관광 상품을 만들자는 이야기가 아니다. 우리가 교과서에서 배운 고전 문학의 무대가 우리 생활의 브랜드가 되고 그 장소를 소중히 여기고 기억하자는 의미다.

여름날 연꽃이 피는 계절, 거친 인당수의 파도 소리를 듣고 장천 포구를 걸으면 어떤 생각이 떠오를까? 교과서 속 주인공이 살았을지 모르는 그 섬에 가보고 싶다는 생각이 드는 건 나만의 마음일까. 백령도는 그렇게 우리를 부르고 있다. 연꽃이 피어나는 여름, 심청의 고향 백령도를 방문해 보자.

섬 노트

7월 중순에 백령 심청 효 테마파크를 찾으면 활짝 핀 연꽃을 감상할 수 있다. 여름철 백령도에서 냉면을 빼놓을 수 없다. 사곶해변 근처와 자염을 생산하던 가을리 주변 냉면집이 유명하다. 가을리 일대에는 메밀밭도 펼쳐져 있어 풍경을 함께 즐길 수 있다. 다만 휴가철에는 배 편을 구하기 어려운 만큼 예약해 두는 것이 좋다.

5

맨발로 걷는
치유의 섬

인천공항에서 버스 한 번이면 닿는 섬. 무의도는 그렇게 가까이에 있다. 섬이라고 하면 왠지 배를 타고 한참을 가야 할 것 같은데 이곳은 다리로 연결되어 있어서 자동차로도 갈 수 있다. 그래서인지 요즘 사람들 사이에서 무척 유명해졌다. 무의도에는 소무의도와 대무의도가 있다. 사람들은 대무의도 하나개 해수욕장을 방문하여 갯벌 체험, 등산, 맨발 걷기, 백패킹 등 다양한 체험을 즐긴다. 특히 최근 몇 년 사이 이곳의 맨발 걷기와 갯벌 요가가 입소문을 타면서 전국적으로 알려지게 되었다.

갯벌 위에서 만나는 치유의 시간

하나개 해수욕장에 가면 신발을 벗고 맨발로 걷는 사람들을 볼 수 있다. 모래사장을 지나 갯벌까지 발바닥으로 느껴지는 촉감이 생각보다 시원하고 기분 좋다고 한다. 이것이 바로 요즘 유행하는 해양 치유의 한 방법인 맨발 걷기이다.

맨발 걷기를 하다 보면 갯벌에서 요가를 가르치는 선생님을 만날 수

〈사진: 무의도 하나개 해수욕장〉 사진 제공: 무의도 아트센터

있다. 전문가의 지도로 갯벌에서 요가를 진행한다. 일상에 지친 몸과 마음을 바다와 갯벌이 위로 해주는 시간이다.

하나개 해수욕장 주변 갯벌에서는 어촌계가 운영하는 바지락 체험이 가능하다. 이곳 식당에서는 바지락 칼국수는 물론 각종 회와 생선구이도 맛볼 수 있다.

〈사진: 무의도 춤 축제〉 사진 제공: 무의도 아트센터

노을이 아름다운 하나개 해수욕장에서는 매년 8월 15일 전후로 〈무의도 셋째 공주와 호랑이 춤 축제〉가 열린다. 무의도 출신 차광영 대표

가 26년째 이어오고 있는 무의도의 대표적인 여름 축제이다. 이 축제에서는 무의도 셋째 공주와 호랑이 춤을 비롯해 K-Hanagae 가면무도회, 파워풀한 음악, 전통 춤까지 다양한 공연이 펼쳐진다. 여름밤 바닷가에서 춤과 음악이 어우러지는 모습을 보면 무의도는 문화가 살아 숨 쉬는 공간이라는 걸 알 수 있다.

백패커들이 찾는 무렝게티

백패킹을 좋아하는 사람들 사이에서 무의도는 특별한 이름으로 불린다. 바로 무렝게티다. 아프리카 탄자니아의 세렝게티 초원처럼 넓고 평평한 절벽이 있어서 붙여진 별명이다.

대무의도 서남쪽을 보면 깎아지른 듯한 절벽 아래 평평한 바닥이 펼쳐져 있다. 그곳에 텐트를 치고 하룻밤을 보내면 별이 쏟아지는 하늘과 앞에는 바다를 만날 수 있다. 이런 절벽들이 생긴 이유는 조금 씁쓸하다. 인천 내항과 연안부두를 만들 때 필요한 바위를 이곳에서 깎아서 배로 이동했다고 한다.

섬을 가로지르는 산행

등산을 좋아한다면 무의도는 정말 좋은 코스이다. 무의도 선착장에서 출발해 당산, 헬기장, 국사봉을 지나 구름다리와 호룡곡산을 넘어 광명 선착장까지 이어지는 길은 약 7km 정도다. 대략 3시간 반이면 완주할 수 있는 거리이다. 중간에 들머리와 날머리를 선택할 수 있어서 체력에 맞춰 조절할 수 있다. 호룡곡산 정상에 오르면 영흥도, 자월도,

승봉도가 한눈에 들어온다. 섬과 섬 사이로 펼쳐진 바다 풍경이 정말 장관이다.

최근에는 산림청에서 국립 무의도자연휴양림을 만들어 운영하고 있다. 하나개 해수욕장 주변에는 해상관광 탐방로와 도보여행 코스도 잘 조성되어 있다. 바다를 바라보며 걷는 길은 산행과는 또 다른 느낌을 준다. 파도 소리를 들으며 천천히 걷다 보면 마음이 차분해진다.

맨발로 갯벌을 걷고, 텐트에서 별을 보고, 산 정상에서 바다를 바라보는 경험이 한 섬에서 모두 가능하다. 춤 축제까지 열리는 무의도는 특별한 하루를 찾는 이들에게 더없이 좋은 선택이다.

섬 노트

갯벌 체험을 할 때는 물때를 꼭 확인해야 한다. 특히 밤에는 더욱 위험할 수 있어 각별한 주의가 필요하다. 최근에도 사고가 있었던 만큼, 현지 주민과 함께 움직이는 것이 가장 안전하다. 대무의도와 소무의도는 광어 낚시 명소로 잘 알려져 있다. 무의선착장 입구, 광명항 주변, 소무의도 다리 아래, 부처깨미, 몽여해변 등이 포인트로 꼽힌다.

6

인천 섬의 붉은 보물

: 해당화

    인천 섬 바닷가를 걷다 보면 문득 시선을 사로잡는 식물이 있다. 그 냥 지나치기 쉽지만 생각보다 많은 이야기를 품고 있는 해당화다. 5월 이면 분홍빛 꽃으로 피고 여름이면 붉게 익은 열매로 눈을 즐겁게 하는 이 식물이다. 먹을 것이 귀했던 시절엔 그 열매로 배고픔을 달래기도 했다.

<사진: 해당화 꽃과 열매>

파도를 막고 배고픔을 달래던 꽃

해당화는 우리나라와 중국, 일본, 러시아 동쪽 지역 해안가에서 자라는 식물이다. 짠 바닷바람이 불어도 척박한 모래땅이어도 끄떡없이 잘 자란다. 그래서 해안가라면 어디서든 만날 수 있다. 뿌리는 사방팔방으로 뻗어나가면서 모래가 파도에 쓸려가는 걸 막아주는 든든한 파수꾼 역할도 한다. 그러나 북미나 유럽에서는 해당화가 너무 빠르게 번식해서 원래 그곳에 살던 식물들을 밀어낸다고 하여 경계해야 할 외래종으로 취급한다. 뿌리가 왕성하게 퍼져나가니 다른 식물들이 자랄 자리를 빼앗아버리는 것이다.

예전부터 우리 조상들은 해당화를 그냥 보기만 한 게 아니었다. 한의학에서는 뿌리를 달여서 부기를 빼거나 통증을 완화하는 약재로 썼다. 혈액순환에도 좋다고 여겨져서 민간에서도 당뇨 등 증상에 활용했다고 한다.

섬에서 나고 자란 어른들은 어린 시절 이야기를 꺼내며 해당화 열매를 까먹던 기억을 들려주곤 한다. 먹을 게 풍족하지 않던 시절에 빨갛게 익은 해당화 열매가 아이들에게는 귀한 간식이었다.

울도에서 들은 이야기는 더 흥미로웠다. 새우가 지천으로 잡히던 시절에 어부들은 면사로 만든 그물을 사용했다. 나일론 그물이 없던 때라 면사 그물을 썼다. 고기가 많이 걸리면 그물이 자주 찢어졌다고 한다. 해당화 뿌리를 넣고 면사 그물을 끓이면 훨씬 튼튼해진다는 걸 발견했다. 과학이 발달하지 않은 시절 자연을 관찰하고 경험으로 터득한 조상들의 지혜가 놀랍기만 하다.

현대 과학이 밝혀낸 결과는 옛 어른들의 경험이 결코 허황한 게 아니었다는 걸 알 수 있다. 해당화 뿌리에는 면역력을 높이고 염증을 줄이는 성분이 풍부하게 들어있다. 항산화 효과도 뛰어나서 혈압을 낮추는 데 도움이 되고 관절염이나 요통 완화에도 효과가 있다고 한다.

해당화 열매의 영양 성분은 더욱 놀랍다. 비타민C가 레몬보다 17배나 많고, 브로콜리보다는 5배, 무보다는 무려 40배나 많다고 하니 자연이 만든 비타민이라 해도 과언이 아니다.

꽃도 단순히 예쁘기만 한 게 아니다. 강한 향기 이 때문에 향수 원료로 쓰이고 중국에서는 꽃차로 만들어 마신다. 일본에서는 천연염료로 활용하기도 한다. 최근에는 피부에 좋은 성분이 있다는 게 알려지면서 화장품 업계에서도 관심을 보인다.

섬에서 피어나는 가능성

인천 지역에서도 해당화를 활용한 다양한 제품들이 나오고 있다. 옹진군에서는 해당화 음료를 개발해서 특허를 받았고, 백령도의 한 업체에서는 해당화 발효차를 판매하고 있다. 중구 운서동 마을기업에서는 해당화 원액을 만들어 건강식품으로 내놓고 있다.

연구자들은 더 재미있는 가능성을 찾아내고 있다. 해당화 꽃을 우린 물에 요구르트를 넣어 기능성 식품 연구가 진행 중이다. 고기를 굽거나 조리할 때 생기는 유해 물질을 해당화 추출물이 막아준다는 연구 결과도 나왔다.

섬을 살리는 해당화의 힘

생각해 보면 해당화는 참 여러 얼굴을 가진 식물이다. 바닷가 모래를 지켜주는 환경 지킴이이자 우리 몸을 건강하게 해주는 약재이고, 지역 경제에 새로운 활력을 불어넣을 수 있는 자원이기도 하다.

〈사진: 해당화 발효차〉

인천의 섬 해안가에 해당화를 더 많이 심으면 어떨까 하는 생각이 든다. 파도에 쓸려가는 모래를 막아주면서 환경도 보호하고, 관광객들에게는 분홍빛 꽃과 늦여름의 붉은 열매가 섬을 찾는 또 하나의 이유가 될 수도 있을 것이다. 주민들에게는 새로운 소득원이 될 수 있지 않을까?

바닷바람에 흔들리는 해당화를 보고 있으면 묘한 감정이 든다. 거친 환경에서도 꿋꿋이 꽃을 피우고 열매를 맺는 모습이 섬사람들의 삶과 닮아 있다는 생각도 든다. 우리 곁에 있는 평범해 보이는 자연이 얼마나 귀한 선물인지 해당화는 조용히 말해주고 있다.

순비기꽃이 알려주는
바다의 신호

〈사진: 순비기꽃〉

늦여름, 소청도와 대청도 어민들에게는 남다른 습관이 하나 있다. 아침에 일어나면 날씨를 살피기 전에 먼저 해변을 둘러본다는 것이다. 무엇을 보려고? 바로 순비기꽃이다.

할아버지 때부터, 아니 그보다 훨씬 더 오래전부터 이 섬사람들은 한 가지 사실을 알고 있었다. 순비기꽃이 피기 시작하면 삼치가 찾아온다는 것을. 과학적으로 따져봐도 들어맞는 이야기다.

8월이 되면 바닷물 온도가 26℃까지 오르고 순비기꽃도 이맘때 만개한다. 그러면 삼치 떼가 멸치를 쫓아 소청도와 대청도 주변 바다로 몰려든다. 이 꽃은 섬사람들에게 달력이자 일기예보이고 무엇보다 생계를 알려주는 든든한 신호등이었던 셈이다.

모래밭에 뿌리내린 순비기꽃

순비기꽃을 처음 보는 사람들은 대개 놀란다. 이렇게 거친 바닷가, 소금기 가득한 모래땅에서 어떻게 꽃이 필 수 있을까? 하고. 이 식물은 태평양 연안을 따라 인천에서 제주까지, 해안선만 있으면 어디든 터를 잡고 산다. 뜨거운 햇살과 매서운 바람, 소금기 섞인 물보라를 온몸으로 받아내면서도 7월부터 9월까지 연보라색 입술 모양 꽃을 피워낸다.

가만 보면 참 신기하다. 다른 식물들은 조금만 환경이 달라져도 시들시들해진다. 순비기나무는 오히려 그 척박함 속에서 더 단단해지는 그것 같다. 모래가 쓸려가지 않도록 뿌리를 깊이 내리고 소금기를 견뎌내며 바닷바람에 몸을 낮춘 채 꽃을 피운다.

순비기나무라는 이름에는 제주 바다 이야기가 담겨 있다. 해녀들이 차가운 물속에서 숨을 참고 한참을 버티다가 수면 위로 올라올 때, '후우'하고 거칠게 내쉬는 숨소리를 제주 말로 숨비소리라고 부른다. 목숨 걸고 물질을 하고 난 뒤 온몸이 쑤시고 아플 때면 해녀들은 이 나무를 찾았다고 한다.

옛사람들은 이 나무를 그냥 지나치지 않았다. 열매를 따서 말려두었다가 두통이 심할 때나 관절이 쑤실 때, 감기 기운이 있을 때 달여 마셨다. 눈이 붓거나 귀에서 이상한 소리가 날 때도 이 열매가 도움이 된다고 여겼다. 만형자라는 한약 이름으로도 불렸는데 몸을 보호하고 신경을 가라앉히는 효과가 있다고 전해진다.

열매만 사용한 게 아니다. 잎과 줄기에서 나는 특유의 향은 또 다른 쓰임새가 많았다. 목욕물에 우려내면 몸의 피로가 풀리며 방 안 구석에 두면 습기도 잡고 벌레도 쫓아낸다고 했다. 다쳐서 부은 그곳에 잎을 짓찧어 붙이면 부기가 가라앉고 통증도 누그러진다는 이야기도 어른들 사이에 전해져 내려온다.

요즘은 과학적으로도 그 효능이 확인되고 있다. 국립해양생물자원관에서 순비기나무 열매 추출물로 핸드크림과 보디로션, 마스크팩을 만들어봤더니 피부 노화를 늦추고 염증을 가라앉히는 데 효과가 있다는 결과가 나왔다. 향수로 개발하기도 했다. 제주도 한 기업에서는 순비기 열매를 활용한 핸드크림, 미스트 등을 개발해 판매 중이다.

재미있는 건 외국에서도 이 식물을 눈여겨본다는 점이다. 일본에서는 하마고차라는 이름으로 건강 차를 만들어 팔고 있으며 중국은 정식 약재로 등록해서 산업 원료로 키우고 있다. 유럽에서도 화장품 원료로 활용한다고 한다.

하지만 아직 우리는 이 식물을 제대로 활용하지 못하고 있다. 대부분 자연에서 채취하는 수준에 머물러 있어서 안정적으로 공급하기 어렵다. 대량으로 재배하는 기술이 필요하지만 아직 그 방법을 찾지 못했다. 아이러니하게도 우리 땅에서 자라는 식물인데 정작 우리가 제대로 쓰지 못하고 있다.

바다를 지키는 보랏빛 파수꾼

순비기나무가 가진 가치는 경제적인 것만이 아니다. 이 식물은 바닷가 모래가 쓸려가지 않도록 막아주는 자연 보호막 역할을 한다. 바닷바람과 건조한 환경을 견디며 해변을 지키는 파수꾼인 셈이다. 만약 이 나무를 대량으로 재배할 수 있게 된다면 어떨까. 화장품과 약재로 쓰면서 수익도 내고, 동시에 해안 침식도 막을 수 있지 않을까. 생태계를 보호하면서 경제적 가치까지 만들어낼 수 있는 식물이라니 생각만 해도 기대가 된다.

여름철, 섬 해안가 어디에나 순비기꽃을 볼 수 있다. 그러나 소청도나 대청도에 갈 기회가 생긴다면 연보랏빛 순비기꽃이 있는 해변 풍경을 보고 그 꽃을 보며 삼치잡이 준비하는 어민들의 모습을 볼 수 있다.

어쩌면 우리는 너무 먼 곳만 바라보며 살아온 건 아닐까. 우리 바닷가 모래밭에 피어나는 작은 꽃 하나에도 이렇게 많은 이야기와 가능성이 숨어 있는데 말이다. 소청도 어민들이 순비기꽃을 보며 계절의 변화를 읽어내듯 우리도 우리 주변의 작은 것들에 좀 더 관심을 기울여야 하지 않을까.

순비기나무를 상용화하려면 몇 가지 과제를 먼저 해결해야 한다. 안정적인 원료 확보를 위해 대규모 재배 시스템을 갖추는 것이 필수적이다. 또한 인체 대상 임상시험을 통해 안전성을 검증하는 과정도 필요하다.

진짜 삼치를
맛보는 시간

7~8월이면 해변에 순비기꽃이 핀다. 소청도와 대청도 어부들은 그 꽃을 보며 말한다. 이제 삼치가 올 때가 됐다고. 오랜 세월 바다와 함께 살아온 사람들은 자연의 신호를 놓치지 않는다. 꽃이 피면 물고기가 온다. 그렇게 섬의 시간은 흘러간다.

삼치는 멸치와 까나리 같은 작은 물고기를 먹고 산다. 봄에 백령도 근처 바다에서 까나리가 잡히고 여름이 되면 멸치가 모여든다. 수온이 올라가면서 먹이를 쫓아 삼치도 함께 소청도와 대청도 앞바다로 찾아온다. 바다 생물들의 이동은 이렇게 서로 연결되어 있다. 하나의 긴 사슬처럼.

망한 선비와 물고기의 이름

삼치에게는 재미있는 별명이 있다. 망어, 마어라고도 불렸던 이 물고기는 조선시대 어느 선비 때문에 그런 이름을 얻었다고 전해진다. 어느 날, 한 선비가 삼치 맛에 완전히 반했다. 이렇게 맛있는 생선을 벼슬이

높은 고관에게 드려야겠다고 생각했
다. 그런데 문제가 생겼다. 먼 길을 가
는 동안 삼치는 신선함을 잊어버렸고
맛도 변해버렸다. 변질된 삼치를 맛본
고관은 크게 화를 냈다고 한다. 집으
로 돌아온 선비는 한탄했다. 이 생선
때문에 내가 망했으니, 이건 분명 망
할 물고기(亡魚), '망어'구나.

그렇게 망어라 불리던 물고기는 시
간이 지나며 음이 변해 마어(麻魚)가
되었다. 마는 우리말로 삼이다. 여기
에 물고기를 뜻하는 치를 붙여 삼치라
는 이름이 생겼다는 이야기가 있다.
조선시대 기록을 보면 경기도에서는
망어, 평안도와 황해도와 충청도에서
는 마어라고 불렀다고 한다. 한 마리
물고기가 지역마다 다른 이름으로 불
리며 사람들 입에 오르내렸다.

소청도에서 삼치는 끌낚시 어업으
로 잡는다. 끌낚시 어업이란 배에 낚
시가 달린 줄을 연결한 뒤 일정한 속도

<사진: 삼치>

170　맛있는 인천 섬, 사계절의 식탁

로 끌고 가며 물고기를 낚는 방식이다. 작은 배에 긴 대나무 두 개를 양 팔처럼 펼쳐 세운다. 그 대나무에 낚싯줄을 매단다. 줄 길이는 30cm쯤 되고 낚싯대에서 1.5m 떨어진 그곳에 고무줄을 연결한다. 인조 미끼를 달고 시속 10km 이하 속도로 배를 천천히 끌고 간다. 삼치가 미끼를 물면 고무줄이 팽팽해지면서 낚싯줄이 위로 올라온다. 소청도 어부들은 이렇게 삼치를 잡는다. 파도 소리를 들으며 삼치를 기다린다.

<사진: 삼치잡이> 사진 제공: 이은철

우리가 몰랐던 진실

솔직히 말하면, 우리가 지금껏 먹어왔던 삼치는 진짜 삼치가 아니었다. 30cm 미만이 되는 작은 삼치는 새끼인 고시였다. 진짜 삼치는 1m 정도 자라고 무게도 1kg 넘는다. 클수록 살이 두툼하고 맛도 담백하다. 소청도와 대청도에서 잡히는 삼치는 60cm에서 90cm쯤 된다. 삼치구이 한 조각을 베어 물면 부드럽고 담백한 맛이 입안 가득 퍼진다. 실제로 섬에서 보내온 삼치구이를 맛본 한 젊은이는 '이렇게 맛있는 삼치는 처음이에요. 소고기보다 맛있어요.' 하며, 그 뒤로 주변 사람들에게 만날 때마다 삼치 이야기를 꺼낸다.

삼치를 먹는 방법은 다양하다. 구이가 가장 흔하고 조림도 맛있다. 요즘에는 삼치 스테이크도 인기다. 아이들이 특히 좋아한다. 겨울철 전남 여수 거문도나 고흥 나로도에서는 선어회로 먹는다. 조선시대 실학자 서유구는 삼치를 이렇게 묘사했다. 등은 청흑색으로 기름을 문지른 것처럼 윤이 나고, 등 아래 양쪽에는 검은 무늬가 있으며 배는 순백색이다. 맛이 극히 좋다. 어부들은 즐겨 먹지만, 양반들은 그 이름을 싫어해서 잘 먹지 않았다고. 망어라는 이름 때문이었을까.

삼치는 고등어, 꽁치와 함께 등푸른 생선의 대표주자다. 두뇌 발달에 좋고 기억력을 높여주며, 치매 예방에도 도움이 된다고 알려져 있다. 1970년대에는 일본에 많이 수출되어 구이로 인기를 끌었다. 꽃게, 병어와 함께 당시 중요한 수출품이었다.

소청도와 대청도는 서해 끝자락에 있는 섬들이다. 순비기꽃이 필 무렵에 대나무 낚싯대를 세운 작은 배들이 바다로 나가는 모습을 볼 수 있을지도 모른다. 저녁에는 잡아 온 삼치를 구워 먹을 수 있다. 도시에서 먹던 작은 고시가 아닌 90cm 이상 되는 진짜 삼치를.

삼치의 진짜 맛을 알고 싶으면 소청도와 대청도로 가보는 건 어떨까.

섬의 바람과 파도 소리, 그리고 구수하고 담백한 삼치구이에 막걸리 한 잔은 어떨까.

해파리냉채와
추석 식탁

여름 해수욕장에서 우리를 놀라게 하는 그 존재는 해파리이다. 대부분의 사람은 해파리를 그저 성가신 생물로만 기억한다. 하지만 인천시 강화군 교동도에서는 이야기가 다르다. 이곳 사람들에게 해파리는 추석 무렵이면 꼭 찾게 되는 특별한 음식의 재료다.

먹는 기수식용 해파리

교동도 앞바다는 특별하다. 한강에서 흘러 내려온 민물과 서해의 짠 바닷물이 만나는 지점을 기수역이라고 부른다. 바로 이 기수역에서 자라는 해파리를 사람들은 기수식용 해파리라고 부른다.

우리가 먹을 수 있는 해파리는 전 세계적으로 6종류에 불과하다. 그중에서 기수식용 해파리를 최고급으로 친다. 중국 발해만, 요동만, 산둥반도 그리고 우리나라 강화도와 전남 무안 지역에서만 볼 수 있는 귀한 종이다.

이 해파리는 보통 해파리와는 비교할 수 없을 만큼 크다. 길이가 50㎝,

둘레가 1m에 달하고 무게도 5kg에서 10kg이나 나간다. 성인 남자의 가슴둘레만 한 해파리가 바닷속을 유유히 헤엄치는 모습을 상상해 보라.

가을이 시작될 무렵에 교동도 어부들은 추젓을 잡으러 바다로 나간다. 추젓이란 가을에 잡은 새우로 담근 새우젓을 말한다. 그런데 새우 그물을 끌어 올리다 보면 커다란 해파리가 함께 올라온다. 어부들은 새우와 해파리를 조심스럽게 분리한다.

재미있는 건 날씨와의 관계다. 비가 적게 온 해일수록 해파리가 더 많이 잡힌다고 한다. 건조한 해에는 교동도 주변 바다에서 기수식용 해파리를 자주 만날 수 있다고 한다. 민물과 바닷물의 균형이 해파리의 삶에 영향을 미치는 것이다.

잡힌 해파리는 염장하여 대부분 중국으로 수출하였다. 중국에서는 이 해파리를 상어 지느러미와 고급 요리로 취급한다고 한다. 교동도 사람들은 예부터 이 해파리를 자신들만의 방식으로 먹어왔다.

<사진: 해파리냉채> 사진 제공: 정혜윤 안산대 교수

할머니의 손맛이 담긴 요리법

교동도 해파리냉채를 만드는 과정은 손이 꽤 많이 간다. 먼저 소금과 백반으로 해파리를 염장한다. 한 번이 아니라 2~3번을 반복해서 해파리 속 물기를 완전히 빼내야 한다. 이 과정을 거쳐야 해파리 특유의 쫄깃한 질감이 살아난다.

염장한 해파리는 가늘게 썰어 물에 1~2시간 담가둔다. 그러면 짠맛과 비린내가 빠지고 투명하게 빛나는 식재료로 변신한다. 물기를 짜낸 해파리에 무채, 미나리, 쪽파, 마늘을 넣는다. 여기에 배를 썰어 넣고 설탕, 식초, 소금으로 간을 맞춘다.

완성된 해파리냉채를 한 젓가락 집어 입에 넣으면 상큼하면서도 새콤달콤한 맛이 입안 가득 퍼진다. 그리고 무엇보다 해파리의 꼬들꼬들한 식감이 일품이다. 연평도에서는 고춧가루를 더해 매콤하게 먹는다고 한다.

중국 요리 양장피와 비슷해 보이지만 완전히 다르다. 양장피는 전분으로 만들어 물컹한 느낌이지만 교동도 해파리냉채는 씹는 맛이 살아있다.

교동도 대룡리가 고향인 한 주민은 이렇게 회상한다. 교동에서는 추석 전후에 이 음식을 즐겨 먹었고, 결혼식이나 제사 때도 꼭 올리는 음식이었다고. 교동도 해파리는 꼬들꼬들하고 약간 질긴 듯하면서도 씹는 맛이 좋다고 말한다.

〈사진: 기수식용 해파리 다리와 몸체〉

지금은 교동도에서 해파리 음식을 파는 곳을 찾기는 쉽지 않다. 주민들에게 물어보니 창후리 어시장에서 염장한 해파리를 판다고 한다. 1kg을 사서 집으로 왔더니, 아내가 직접 해파리냉채를 만들어 본다. 아내는 해파리냉채를 만들면서 문득 말했다. 추석 때마다 친정어머니가 만들어주던 바로 그 해파리라고. 해파리냉채의 진짜 비결은 따뜻한 물에 겨잣가루와 설탕을 넣는 것이라고 했다. 그러면 겨자 특유의 알싸한 맛이 살아난다. 인천에서는 추석 음식으로 즐겨 먹던 음식이었다는 말도 덧붙였다.

음식에는 이렇게 추억이 담긴다. 해파리냉채 한 접시에 엄마의 손맛, 고향의 냄새, 명절의 설렘이 모두 녹아 있는 것이다.

강화 바다의 특별함

과학자들이 연구한 결과 흥미로운 사실이 밝혀졌다. 강화 지역에 사는 기수식용 해파리는 전남 무안 지역의 해파리보다 유전적으로 훨씬 다양하다는 것이다. 이는 강화 해파리들이 오랜 시간 이곳에 정착해 살면서 다양한 환경 변화에 적응해 왔다는 뜻이다.

염분 농도가 달라지고, 수온이 변해도 강화 해파리들은 잘 살아남는다. 반면 무안 지역 해파리들은 비교적 최근에 정착한 것으로 보이며 유전적으로 단순한 편이라고 한다. 이는 강화도 앞바다가 그만큼 특별한 환경이라는 증거다. 강화도 기수식용 해파리에 관한 연구가 더 필요하다. 이 귀한 해파리를 활용한 제품도 개발해야 한다. 그리고 무엇보다 한강과 바다가 만나는 이 소중한 환경을 깨끗하게 지켜내야 한다.

교동도를 걷다 보면 시간이 멈춘 듯한 풍경을 만난다. 옛 건물들이 그대로 남아 있고, 좁은 골목길에서는 할머니들의 웃음소리가 들린다. 그리고 추석이 다가오면 집집이 해파리냉채를 만들어 먹는 모습이 떠오른다.

섬 노트

교동대교가 개통되면서 자동차로도 쉽게 찾아갈 수 있다. 섬에는 실향민들의 그리움이 담긴 대룡시장과 탁 트인 전망을 자랑하는 화개정원 전망대가 있다. 8월이면 난정저수지에 해바라기가 만발한다. 가을엔 황금빛 들판이 눈길을 사로잡는다. 가을철에는 싱싱한 새우젓을 저렴하게 살 수 있다.

PART 4
가을,
갯마을에 영근 결실

"가을 바다는 말이 없다. 다만 묵묵히 제 몸을 낮추어
모든 결실을 항구로 밀어 올릴 뿐이다."
– 정일근, 「바다를 보면 바다를 닮고 싶다」 중에서

1 굴업도

땅콩밭이 물결치던

굴업도는 백패커들 사이에서 설명이 필요 없는 이름이다. 개머리 능선 위로 천천히 넘어가는 낙조와 어둠이 내리면 하늘을 가로지르는 은하수. 그 장면 하나를 보려고 몇 년을 벼르는 사람들이 있다.

〈사진: 굴업도 백패킹〉 사진 제공: 김미경

굴업도의 기억

1991년 어느 여름, 필자는 친구들과 함께 굴업도를 찾았다. 서포리에서 어선을 타고 선착장에 내려 마을 언덕을 넘어가자 코끝을 자극하는 진한 향기가 퍼져왔다. 더덕 향이었다. 그때는 더덕을 쉽게 캘 수 있었다. 해수욕장에서 더덕을 구워 먹고 있으니 향기에 이끌린 사람들이 하나둘 모여들어 자연스럽게 음식을 나누며 이야기꽃을 피웠다.

지금의 굴업도를 보면 상상하기 어렵겠지만 이곳은 한때 땅콩으로 유명한 섬이었다. 일제강점기에 충남 서산에서 온 사람이 소를 키우려고 들어왔다가 떠났고, 6·25 전쟁 이후에는 피난민과 원주민이 모여 땅콩과 소를 기르며 생계를 이어갔다. 1994년 김영삼 정부가 이곳을 핵폐기물 처분장 부지로 선정했으나 주민과 환경단체의 강력한 반대로 계획이 백지화됐다. 누군가에게 굴업도가 백패킹의 섬이라면, 내게는 더덕의 섬이다.

〈사진: 땅콩밭이었던 굴업도〉

땅콩이 넘쳐나던 굴업도

1974년 덕적도 서포리에서 굴업도로 들어가 14년 동안 땅콩 농사를 지었던 어르신의 증언에 의하면, 당시 굴업도에는 스무 가구 정도가 살고 있었다고 한다. 처음 땅콩을 심었을 때는 6가마 정도 수확했지만, 산을 조금씩 개간해 재배면적을 넓히면서 한 해 15가마까지 늘릴 수 있었다고 한다.

굴업도의 산은 대부분 모래로 이루어져 있다. 소를 방목하던 섬이라 나무가 드물었고, 그 덕에 땅을 일구기가 그나마 수월했다. 오히려 그런 환경이 땅콩 재배에는 딱 맞았던 셈이다.

1972년 자료를 보면 굴업도의 땅콩 생산량이 얼마나 놀라운지 알 수 있다. 주변 섬들과 비교했을 때 덕적도는 1인당 4.1kg, 소야도는 5.0kg, 문갑도는 9.8kg을 생산했는데 굴업도는 무려 167kg을 생산했다. 엄청난 차이다. 면적 대비 두류(콩) 생산량도 덕적도 1.0톤, 소야도 3.8톤 인 반면 굴업도는 7.1톤이나 됐다.

당시 땅콩 가격은 쌀의 2.5배 정도로 꽤 비쌌다. 가구당 평균 15가마씩 생산했고 스무 가구가 살았으니, 1년에 대략 200~300가마 정도가 생산됐을 것으로 추정된다. 수확한 땅콩은 직접 팔거나 덕적도로 가져가 천주교 최분도 신부를 통해 판매하기도 했다고 한다.

1987년 신문 기사를 보면 굴업도에서 생산되는 땅콩이 연평균 150가마 정도였고 맛이 좋아서 가마당 17만 원씩 받아 마을 전체가 2,500만 원의 소득을 올렸다는 내용이 나온다. 당시로서는 꽤 괜찮은 수입이었다. 땅콩 수확이 끝나면 땅콩 잎은 소먹이로 활용했다. 한 집에 보통 소를 두 마리씩 키워서 섬 전체로는 60마리 정도가 있었다고 한다. 땅콩과 소를 함께 키우는 그것이 굴업도 사람들의 삶의 방식이었다.

섬을 떠난 사람들

그런데 1986~1987년을 기점으로 땅콩 가격이 급격히 내려가면서 굴업도 사람들은 땅콩 농사를 포기하고 섬을 떠나기 시작했다. 왜 갑자기 땅콩 값이 내려간 걸까?

1981년 등장한 전두환 정권은 미국의 요구에 따라 농산물 시장을 개방하면서 문제가 시작됐다. 땅콩을 대체할 수 있는 아몬드 수입이 1985년 345톤에서 1986년 621톤으로 거의 두 배 가까이 늘어났다. 사람들이 땅콩보다 아몬드를 선호하면서 땅콩 소비가 자연스럽게 줄어들었다. 2015년부터 2019년까지 자료이지만 국내 소비자들이 견과류를 떠올릴 때 가장 먼저 생각나는 것으로 아몬드(42%)가 1위를 차지했으며, 호두(30%)와 땅콩(19%)이 뒤를 이었다.

설상가상으로 정부가 전체 땅콩 생산량의 28% 정도만 수매하면서 농민들의 불만은 폭발했다. 땅콩 가격은 계속 내려가고 수요도 감소하자 사람들은 결국 땅콩 농사를 포기할 수밖에 없었다. 그렇게 1987년을 전후로 굴업도에서 땅콩의 흔적은 찾아볼 수 없게 됐다.

이후 정부는 소득 증대 사업으로 염소를 지원하며 연평산과 덕물산, 마을 근처에 염소 사육 사업을 펼치기도 하고 사슴도 지원하였다. 그때 사슴이 울타리를 넘어서 이제는 굴업도 섬 전체를 누비고 있다.

더 오래된 굴업도의 기억

사실 굴업도는 땅콩보다 더 오래전에는 민어 파시로 유명한 곳이었다. 1923년 8월 폭풍이 섬을 휩쓸면서 130채의 집이 부서지고 200여 척의 배가 파괴됐으며 1,000여 명의 선원이 실종되는 참사가 일어났다. 그 후 굴업도 사람들은 덕적도 북리로 옮겨갔다.

지금도 굴업도 목기미 해변의 옛날 포구 선착장 주변에는 민가의 흔적이 남아 있다. 모래를 파보면 집터가 나온다. 시간이 흘러도 섬은 그렇게 자신의 이야기를 간직하고 있다.

백패킹의 성지로 불리는 지금의 굴업도. 그곳에서 낙조를 바라보고 밤하늘의 별을 올려다볼 때, 이 섬에 살았던 사람들의 이야기를 한 번쯤 떠올려 보는 건 어떨까. 민어 파시, 땅콩을 심고 소를 키우며 살아가던 사람들 등 역사는 밤하늘의 별처럼 수놓아진다.

섬 노트

찾는 이들이 늘어나면서 굴업도가 몸살을 앓고 있다. 버려진 쓰레기와 악취 문제가 심각해졌고, 화장실 등 기본적인 편의시설마저 턱없이 부족한 실정이다. 관계기관, 지역사회가 함께 머리를 맞대는 노력이 필요한 때다.

자연산 다시마의
계절

　서해 끝자락, 북녘땅과 마주한 백령도. 이곳의 바다는 다른 곳과 뭔가 다르다. 여름에도 차갑고 가을이 되어도 여전히 시원한 물결이 출렁인다. 그 차가운 바닷속에서 자라는 다시마는 남쪽 바다에서 자라는 다시마와는 다른 이야기를 품고 있다. 보통 다시마 성장기는 수온이 10~16℃ 사이라 여름 수온이 올라가기 전인 5월이나 6월에 건진다. 하지만 백령도는 다르다. 8월부터 11월까지 가을 햇살 아래에서 다시마를 수확한다. 백령도 바다는 남해안보다 1℃에서 3℃ 정도 더 차갑다. 겨우 몇 ℃ 차이지만 다시마에게는 완전히 다른 세상이다. 그리고 백령도 바다는 평균 수온이 12℃에서 15℃ 정도로 1년 중의 8개월 정도 이어진다.

　이런 환경 덕분에 백령도의 다시마는 2년 길게는 3년까지 자란다. 2~3년산 다시마는 국내에서 좀처럼 찾아보기 어렵다. 찬물 속에서 오랜 시간을 버틴 다시마는 그만큼 두껍고 단단하다.

백령도 다시마가 특별한 이유

〈사진: 다시마〉

다시마는 원래 추운 곳을 좋아하는 해조류이다. 한반도, 일본 홋카이도, 캄차카반도까지. 차가운 태평양 연안을 따라 자리 잡고 산다. 암갈색 빛깔의 다시마는 뿌리와 줄기, 잎으로 나뉘어 있다. 다시마는 미역과 함께 전체 해조류 생산량의 66%를 점유하고 있는 핵심 품목이다.

우리나라에서 다시마 양식이 시작한 건 1970년대 동해안이었다. 백령도의 다시마는 그보다 조금 늦은 1990년에 시작됐다. 인천 수산연구소 연구원들이 백령도 바다를 주목한 것이다. 그들이 뿌린 다시마 포자가 섬 주변 바다로 퍼져나갔다고 한다.

백령도 근처 바다에는 차가운 물이 흐르는 냉수대가 있다. 다시마는 차가운 바닷물에서 더 튼튼하게 자란다. 냉수대가 백령도를 다시마의 터전으로 만들어준 셈이다.

백령도 종묘 씨나 싹을 심어서 묘목을 가꾸는 것로 키운 다시마는 더 크고 두껍게 자란다. 실제 연구에서 완도와 백령도 다시마 종묘를 비교했더니 백령도 다시마 종묘가 성장 속도가 빠르고 무게도 더 나갔다. 차가운 바다에서 단련된 강인함이 그대로 드러난 셈이다. 전국의 양식업자들이 백령도산 다시마 종묘를 선호하는 이유도 여기에 있다.

몸에 좋은 바다의 선물

다시마는 예로부터 약으로도 쓰였다. 중국에서는 부기를 빼거나 위장을 다스리는 데 사용했다고 한다. 요즘 연구를 보면 옛사람들의 지혜가 맞았다는 걸 알 수 있다.

비타민과 미네랄은 기본이고 식이섬유도 풍부하다. 열량은 낮아서 마음껏 먹어도 부담이 없다. 최근 실험에서는 항산화 효과, 암세포 증식 억제, 콜레스테롤 개선 효과까지 확인됐다.

인천시가 토종 용다시마를 백령도와 무의도에서 시험 양식하기 시작했다고 한다. 잎 모양이 용의 무늬 같다고 해서 붙은 이름으로 원래는 강릉 이북 동해안에서만 자라던 종류다.

용다시마는 질기고 억세서 먹기에는 적합하지 않았다. 하지만 최근에 다시마 진가가 드러나고 있다. 후코이단 미역, 다시마, 톳 등 갈조류의 미끈거리는 성분 이라는 특별한 성분이 많아 혈관 건강에 좋고 암 예방에도 도움이 된다고 한다. 게다가 이산화탄소 흡수 능력도 뛰어나다. 일본에서는 식품 재료로 좋은 평가를 받고 있다.

최근 백령도에서는 다시마를 이용한 젤리 등 다양한 제품 개발이 이루어지고 있다. 백령도 종묘로 키운 다시마는 산업으로 육성하면 좋을 것 같다. 전문가들은 해조류 시장의 가능성에 주목한다. 다시마를 먹는 것을 넘어 화장품 원료나 동물 사료, 비료 등으로 활용 범위를 넓히고 있다.

실제로 외국의 한 회사는 다시마에서 100% 생분해되는 식용 액체 캡

술을 개발하여 대규모 체육행사에서 플라스틱 병을 대체하고 있다. 다른 회사는 다시마로 만든 빨대와 일회용 숟가락을 호텔에 납품하고 있다.

다시마가 환경을 지키는 일에도 한몫한다. 바닷속에서 자라면서 공기 중의 이산화탄소를 빨아들이기 때문이다. 이를 블루카본^{해양 생태계, 맹그로브 숲, 염생습지, 해조류가 흡수하는 탄소}이라고 부른다. 다시마 같은 갈색 해조류는 나무보다 훨씬 빠르게 광합성을 한다고 한다.

백령도에 가보고 싶다. 두무진과 콩돌해안 등도 보고 바다에서 자란 자연산 다시마를 직접 보고 싶다. 2년, 3년의 세월을 견디며 자란 다시마의 무게를 느껴보고 싶다.

백령도에 곧 공항이 들어선다고 한다. 지금까지는 배를 타고 몇 시간을 가야 닿을 수 있었던 섬을 비행기로 쉽게 갈 수 있게 되는 것이다. 공항 면세점에 백령도 다시마 제품이 진열되는 모습을 상상해 본다.

섬 노트

백령도 다시마는 보통 9월부터 수확이 시작된다. 현지 주민에게 직접 구입하거나 온라인으로도 주문할 수 있고, 옹진군이 운영하는 옹진자연몰에서도 만나볼 수 있다.

꽃게 어장의
고향

연평도 하면 꽃게를 빼놓고 이야기할 수 없다. 바다 위로 그물이 올라오자 꽃게들이 하나둘 모습을 드러냈다. 선착장에는 어느새 싱싱한 꽃게들이 가득 쌓여 있다. 하지만 연평도와 꽃게의 인연이 언제부터 시작됐는지 아는 사람은 많지 않다.

<사진: 연평도 꽃게>

꽃게라는 이름부터가 재미있다. 꽃게 등껍질 양옆에는 뾰족한 가시가 돋아 있어 옛날 사람들은 이 가시를 '곳'이라고 불렀다. '곳이 있는 게', 그래서 곳게. 세월이 흐르면서 자연스럽게 꽃게가 됐다. 아름다운 꽃과는 상관없지만 왠지 이름만으로도 정겹게 느껴진다.

조기를 대신한 새로운 주인공

연평도 하면 사람들은 보통 조기를 떠올린다. 조기 파시로 유명했던 섬이니까. 그런데 1968년 이후 연평도에서 조기가 사라지자 새로운 길을 찾아야 했다. 처음에는 김 양식을 했다고 한다.

1969년 일본으로 꽃게를 처음 수출하면서 꽃게는 단순한 해산물이 아니라 외화를 벌어들이는 효자 품목이 됐다. 사람도 타기 힘든 비행기에 꽃게를 싣고 일본으로 날아갔으니 지금 생각하면 상상이 잘 안 가는 풍경이다. 1970년대 신문을 보면 꽃게와 병어, 삼치 같은 수산물이 수출의 주역으로 등장한다. 경기도 수협이 이런 품목들로 4억 원이 넘는 수출 실적을 올렸다는 기사도 있다. 당시 한국경제의 목표로 100억 달러 수출이 설정되었으니 그 시절 기준으로는 실로 놀라운 규모였을 것이다.

실제로 전국 꽃게 어획량을 보면, 1970년에 2,700톤이던 것이 1980년에는 거의 20,000톤까지 치솟았다. 10년 만에 7배나 늘어난 셈이다. 일본 사람들이 좋아하니 우리 어부들도 열심히 바다로 나갔다. 1990년대 들어서는 국내에서도 꽃게를 찾는 사람이 많아져 수요가 증가하였다.

연평도에서는 1975년 무렵부터 꽃게잡이를 시작하여 1980년대 중반에 이르러 본격적인 꽃게 어업이 자리를 잡게 되었다.

1990년 188톤으로 시작한 어획량은 10년 만인 2000년에 2,700톤을 넘어섰다. 2000년에 우리나라 전국 꽃게의 5분의 1 정도를 연평도에서 잡았다. 조기가 떠난 지 불과 30년 만에 꽃게가 연평도의 새 얼굴이 된 것이다.

국내 수요가 증가하자 당시 어르신들은 농담처럼 꽃게를 '금게'라고 불렀다. 그만큼 귀했고 값도 비쌌다. 2000년대 들어 전국적으로 꽃게 어획량이 감소하면서 가격은 치솟았다. 심지어 2000년에는 중국산 꽃게에서 납이 검출되는 사건까지 터져 시끄러웠다.

오르락내리락하는 꽃게 어획량

하지만 좋은 시절은 오래가지 않았다. 2004년 이후 연평도 꽃게 어획량이 급격히 줄어들기 시작했다. 주민들은 중국 어선들이 어린 꽃게까지 싹쓸이하는 불법조업 때문이라고 입을 모았다. 게다가 한강 오염도 한몫했다. 바다는 모든 것이 연결돼 있으니까.

정부가 단속을 강화하면서 잠깐 회복하였지만, 2010년부터 2015년까지 다시 주춤했다.

2016년 이후 2019년까지는 꽃게 어획량이 점차 회복세를 보이며 증가하는 모습을 보였다. 그러나 2024년부터 다시 감소세로 돌아섰고, 2025년에는 어획량이 역대 최저 수준을 기록하였다. 연평도에서 오랫동안 꽃게를 잡아 온 어부들은 꽃게 어획량이 5~6년 주기로, 수산 전문가들은 10년 주기로 오르락내리락한다고 말한다. 바다의 꽃게도 호황, 불황이 있는 모양이다.

꽃게 사는 날

연평도 꽃게는 계절마다 맛이 다르다. 봄에 잡히는 암꽃게는 4월이 최고다. 겨울 동안 살을 찌운 꽃게가 산란기를 앞두고 연안으로 몰려들며 이 시기 암꽃게는 알이 꽉 차 있고 살이 달큼해 최고의 품질을 자랑한다. 6월까지는 봄 꽃게의 풍미를 즐길 수 있다. 7~8월은 금어기이다.

가을에는 수꽃게가 주인공이다. 9월 중순이나 10월 중순에 잡히는 수꽃게가 맛있다. 수정기를 앞두고 수꽃게들이 이리저리 돌아다니다가 그물에 걸린다. 이미 탈피를 마친 수꽃게는 껍질이 단단하고 살이 꽉 차 있다.

꽃게 가격은 잡는 방식에 따라 달라진다. 통발은 미끼를 넣어 물속에 설치하는 원통형 어구이고, 자망은 물고기가 다니는 길목에 그물을 쳐서 걸리게 하는 방식이다. 이 두 방법으로 잡은 꽃게가 가장 비싸고, 안강망, 닻자망 순서로 값이 내려간다. 꽃게도 어떻게 잡히느냐에 따라 등급이 나뉘는 셈이다.

바닷가 마을 어르신들은 가을 꽃게를 저렴하게 사려면 음력 보름(15일)이나 그믐(29일) 무렵에 시장을 찾으라고 조언한다. 이 시기를 사리 때라고 한다. 조수 간만의 차가 크고 수꽃게들이 짝짓기를 위해 활발하게 움직이는 때다. 닻으로 그물을 고정한 뒤 조류를 타고 지나가는 꽃게를 잡는 닻자망에 꽃게가 특히 많이 걸려든다. 한꺼번에 물량이 쏟아지니 자연스럽게 값도 내려간다.

사리 때가 되면 시장으로 가보자. 살이 꽉 찬 꽃게를 저렴하게 살 수 있다. 평소엔 부담스러웠던 꽃게찜도 해 먹고 꽃게탕도 끓여 먹을 수 있다. 남은 건 냉동실에 넣어두면 된다.

요즘 꽃게는 주로 탕이나 찜, 게장으로 먹는다. 물론 그것만으로도 충분히 맛있지만, 좀 더 다양한 방법으로 즐길 수 있다면 어떨까. 꽃게를 활용한 새로운 요리법이 개발되면 더 많은 사람이 연평도 꽃게를 찾을 것이다.

<사진: 꽃게>

한때 조기로 유명했던 섬을 기억하면서. 옛이야기가 새 이야기로 이어지는 섬. 그 변화 속으로 들어가 보는 것, 그게 우리가 섬을 찾아가는 이유가 아닐까.

섬 노트

연평도에서는 품질 좋은 꽃게는 냉장 보관을 했다가 명절 전후에 판매한다. 꽃게를 고를 때는 계절과 크기가 중요하다. 봄철에 잡은 중간 크기의 암꽃게가 가장 맛있고 값도 비싸다. 흔히 '중 암꽃게'라 한다. 너무 크면 속이 실하지 않을 수 있고, 너무 작으면 살이 부족해 아쉬움이 남기 마련이다. 봄철, '중 암꽃게'를 머릿속에 새겨두자.

워크숍을 떠난 섬

사무실에서 일을 하다 보면 어느 순간 개인 간, 부서 간에 크고 작은 마찰이 생겨날 때가 있다. 그럴 때 필요한 게 바로 단체 워크숍이다. 사무실을 벗어나 새로운 공간에서 함께 시간을 보내다 보면 어색했던 사이도 자연스럽게 가까워지고 팀의 단결력도 높아진다.

인천 연안부두에서 배를 타고 1시간 남짓. 대부도 방아머리 선착장에서는 40분이면 닿을 수 있는 소이작도.

이작도는 원래 대이작도와 소이작도, 두 개의 섬으로 나뉘어 있다. 옛날 사람들은 이곳을 '이즉도' 혹은 '이즐섬'이라 불렀다고 한다. 두 섬이 서로 이어진 그것처럼 보인다고 해서 붙여진 이름이다. 더 재미있는 건 소이작도 북쪽 해안의 휘청골이라는 골짜기에 얽힌 이야기다. 그곳엔 옛날 해적들이 살았던 집터와 무덤이 있다는 전설이 전해진다. 그래서 사람들은 이 섬을 '해적섬'이라고도 부른다고 한다.

손가락 바위와 무지개 방파제

소이작도 선착장에서 내려 오른쪽 해안가를 따라 천천히 걸어간다. 10분쯤 걸으면 특별한 바위 하나가 눈에 들어온다. 사람들은 이걸 손가락 바위라고 부른다. 집게손가락으로 하늘을 가리키는 것 같기도 하고, 다른 각도에서 보면 엄마가 아기를 품에 안고 있는 모습 같기도 하다. 자연이 만들어낸 이 조각품 앞에서 사진을 찍으려는 사람들로 늘 북적인다.

소이작도의 진짜 매력은 해변에 있다. 약진넘어해변과 벌안해변이 특히 유명하다. 벌안 해변은 썰물 때가 되면 넓은 갯벌이 모습을 드러낸다. 물이 들어오면 초록빛 바다를 볼 수 있다. 해안도로를 따라 걷다 보면 무지개 방파제가 나온다. 빨강, 주황, 노랑, 초록…. 알록달록한 색으로 칠해진 방파제는 그 자체로 하나의 작품이다. 여기서 사진을 찍으면 SNS에 올릴 만한 멋진 사진이 나온다는 건 당연한 일이다.

몇 년 전에 완공된 여행자센터는 소이작도 여행의 거점이 되는 곳이다. 1층에는 탁 트인 바다를 바라보며 커피를 마실 수 있는 카페와 섬 주민들이 직접 만든 특산품과 기념품도 판매한다. 2층은 더 특별하다. 15명에서 20명 정도가 모일 수 있는 공간에 빔프로젝터 같은 설비가 갖춰져 있어서 워크숍이나 세미나를 열기에 딱 좋다.

섬이 주는 선물, 낚시와 등산

소이작도와 벌섬 사이 해안은 갯바위 낚시로 유명하다. 배를 타고 나가면 벌섬 주변이나 동백도 근처에서 배낚시를 즐길 수 있다. 작년 워크숍 때 우리도 배낚시 체험을 했었다. 선장이 낚시를 처음 해보는 사람들을 위해 미끼 끼우는 그것부터 도와준다. 광어(넙치), 우럭(조피볼락)은 기본이고 심지어 돔까지 올라온다. 잡은 고기는 포장해서 집으로 가져가 자랑을 했다.

여행자들이 가장 기대하는 건 역시 음식이다. 워크숍 때 나온 간장게장은 지금도 잊을 수 없다. 사시사철 바다에서 나오는 신선한 생선회가 반찬으로 올라온다. 싱싱한 해산물을 먹으며 바다를 바라보는 그 순간 이게 바로 섬에서 워크숍의 묘미이구나 싶었다.

먹고 쉬는 것만으론 부족하다면 등산을 해보는 것도 좋다. 대표적인 코스는 손가락 바위에서 산 정상을 거쳐 선착장으로 돌아오는 순환 코스다. 벌안 해변에서 시작하는 해적 숲길·봉화재길 트레킹이나, 갯티길 1코스인 손가락 바위 길을 따라 걷는 것도 좋다. 선착장에서 등산로로 바로 진입할 수 있다. 전망대에 오르면 썰물 때만 모습을 드러내는 대이작도 모래섬 풀등도 한눈에 내려다볼 수 있다. 서두르지 말고 중간중간 발걸음을 멈춰서 눈앞에 펼쳐진 바다를 바라보고 천천히 걷는 것이 이 섬을 즐기는 가장 좋은 방법이다.

해안가를 따라 조용히 걷다 힘들면 쉬어 가보자. 선갑도로 넘어가는 석양을 보면 머릿속이 깨끗해지는 느낌이 든다. 밤이 되면 도시에서는 볼 수 없는 별들이 쏟아진다. 운이 좋으면 은하수도 볼 수 있다. 하늘 가득한 별을 보고 있으면, 내가 얼마나 작은 존재이고 또 얼마나 자유로운 존재인지 느껴진다.

단체 워크숍 장소를 고민하고 있다면 소이작도를 권해본다. 바다를 바라보며 걷고, 함께 낚시를 즐기고, 맛있는 음식을 나눠 먹고, 산을 오르며 도란도란 이야기를 나눠보자. 자연 속에 스며드는 그 경험 안에서 옆의 동료가 한층 소중하게 느껴지며 팀워크는 어느새 단단하게 다져진다. 좋은 아이디어도 절로 피어오를 것이다.

섬 노트

소이작도에는 민박과 펜션을 운영하는 집이 여럿 있다. 대부분 식당과 낚싯배도 함께 갖추고 있다. 숙박과 식사, 낚시까지 한 번에 해결할 수 있어 여행 준비가 한결 수월하며, 사람들도 순박하다.

〈사진: 소이작도 낙조〉

새우 파시가
열리던 기억

인천 연안부두에서 배를 타고 1시간 30분 정도 가면 덕적군도의 작은 섬들이 모습을 드러낸다. 문갑도, 지도를 지나 울도까지, 배 위에서 바라보는 바다는 그냥 푸른 물결이 아니다. 수십 년 전 이곳에서 펼쳐졌던 사람들의 땀과 희망이 스며든 물살이다.

울도는 지금은 조용한 섬이다. 하지만 한때 이 섬 주변 바다는 전국에서 손꼽히는 새우 어장이었다. 일제강점기에는 동해 청진 어장과 함께 가장 유명한 곳으로 울도 새우 파시가 열리던 바다였다.

1930년대부터 1950년대까지 젓새우를 잡으려는 어선들이 이 바다로 몰려들었다. 밤마다 울도 앞바다를 수놓던 어선들의 불빛, '울도어화(蔚島漁火)'는 덕적팔경 중 하나로 꼽혔다.

작지만 귀한, 젓새우

우리나라 바다에는 90여 종의 새우가 산다고 한다. 대하나 중하처럼 큼직한 것부터 손톱만 한 새우까지 종류도 다양하다. 그중에서도 젓새

우는 특별하다. 크기는 작고 껍질은 얇지만, 새우젓을 담그기엔 이만한
게 없다. 서해안에 많이 사는 이 작은 새우들은 바다 밑바닥의 유기물
과 작은 플랑크톤을 먹으며 자란다.

젓새우의 일생은 짧다. 겨우 여섯 달 정도 산다. 늦여름에서 가을 사
이 알에서 깨어난 새우들은 겨울에는 가만히 있다가 봄이 오면 다시 부
지런히 성장한다. 그리고 초여름에 알을 낳고 한 달쯤 뒤 생을 마감한
다. 어민들이 오·육젓이라고 부르는 건 바로 음력 5월과 6월에 잡은
새우로 만든 젓갈이다. 산란 직전의 새우가 가장 살이 차고 맛도 좋다
는 걸 경험으로 알게 된 것이다. 봄에 태어난 새우들은 그해 가을에 다
시 알을 낳고 떠난다. 그래서 가을이 되면 새우가 많이 잡혔다.

풍요로 왔던 울도 바다

울도에서 평생을 살아온 어르신은 지금도 그때를 생생하게 기억한
다. 1930년대 중반 울도 주민 문성재라는 분이 새우 어장을 처음 발견
했다고 한다. 그 발견 이후 마을은 완전히 달라졌다. 울도 새우는 전국
에서 알아줬다고 한다. 그 시절 집집마다 마당에 큰 가마솥이 있었다.
새우를 쪄서 말리기 위해서였다. 지금도 마을 입구에서 보이는 노인정
옆에 새우를 잡아 찌던 가마솥 터가 남아 있다.

1933년 신문 기사를 보면 울도 어장의 위세가 얼마나 대단했는지 짐
작할 수 있다. 당시 삼백여 척의 배가 조업을 했고, 12월 중순까지 평년
의 세 배가 넘는 수확을 올렸다. 잡은 새우는 중국 청도와 대련, 만주까
지 수출됐다. 작은 섬 울도가 국제 무역의 한 축을 담당했다.

1939년 6월, 인천 수산시험장은 울도 근해를 탐사했다. 새우 산지로 유명한 덕적도와 울도 부근이 성어기를 맞아 어선들로 붐비자 더 좋은 어장을 찾기 위해 나섰다. 탐사 결과는 놀라웠다. 울도 서쪽 굴업도 근해가 새로운 보물 창고 같은 곳으로 확인됐고 어획량은 울도보다 서너 배 많을 것으로 예상됐다.

1950년대 초반 통계를 보면 경기도, 즉 인천 지역이 전국 새우 총어획량의 60%를 차지했다. 울도를 중심으로 한 덕적군도 일대가 그만큼 중요한 새우 어장이었다는 증거다.

덕적도에서 오래 사신 어르신의 증언에 따르면, 당시 주민들은 잡은 새우를 중국 청도와 대련으로 수출했다. 중국 사람들이 풍토병 때문에 새우를 꼭 먹어야 한다고 해서 수요가 많았기 때문이다. 새우를 말리는 건하장이 울도는 물론 백아도, 장부도, 지도 등 여러 섬에 있었다. 해방 이후에는 문을 닫았지만 한때 이 일대는 새우로 인해 경제가 크게 발전했다. 덕적도 경제가 얼마나 좋았냐면 외국으로 유학 간 학생이 육지보다 많았을 정도였다. 작은 섬에서 나는 작은 새우가 사람들의 삶을 바꿔놓은 것이다.

땀으로 세운 등대, 바다로 열린 풍경

울도 산 정상에 가면 1960년대에 세워진 울도 등대를 볼 수 있다. 등대를 만들 때 주민들이 지게에 돌과 시멘트를 지고 정상까지 날랐다고 한다. 얼마나 힘들었을까. 하지만 덕분에 지금 우리는 울도 등대 옆 의

자에 앉아 있다. 울도 정상에서 덕적군도 다도해가 한눈에 들어왔다. 차 한 잔 앞에 두고 천천히 섬들을 바라보았다. 인천 섬 중에서 가장 아름다운 풍경이었다. 남해안 다도해와 견주어도 뒤지지 않는 모습이었다. 그 아름다운 바다 서남방 1.8km 바닷속에는 청일전쟁 당시 침몰한 고승호가 조용히 잠들어 있고, 중국을 오가는 상선들은 여전히 울도 앞바다를 지나쳐 간다.

〈사진: 울도 등대〉

울도는 이제 조용하다. 수백 척의 배가 어깨를 맞대고 포구를 가득 메우던 날들도, 어선들이 밝혀 올린 불빛도, 새우 말리는 연기가 섬 하늘을 희뿌옇게 물들이던 풍경도 이제는 흔적조차 찾기 어렵다. 하지만 이곳에 발을 디디면 알게 된다. 바람이 귓가를 스칠 때 어디선가 들려오는 것 같은 그 소리를. 새우 파시 함성이 섬 어딘가에 조용히 되돌아오는 것만 같다.

〈사진: 울도 동백〉

섬 노트

섬에는 민박집이 몇 곳 있어 숙박이 가능하다. 산 아래 해안가를 따라 동백나무가 많이 자라고 있다. 울도 방파제 등대는 인증샷 명소로 인기가 높다. 방파제 끝에 폐교된 울도 분교가 남아 있다. 한때 운동장 앞까지 바닷물이 들어와서 아이들이 수업 중에도 뛰쳐나가 수영을 즐겼다고 한다.

새우젓 독과
곳배가 있는 풍경

인천 연안부두를 떠난 배가 파도를 가르며 달리다 보면 창밖으로 섬 하나가 모습을 드러낸다. 문갑도다.

부두에서 만난 마을 어른들은 그 시절 이야기를 꺼낸다. '그때는 새우가 얼마나 많았는지 몰라. 아침에 나갔다 오후면 배가 꽉 찼지.' 문갑도는 물론 선갑도, 각흘도 주변 바다는 새우로 넘쳐났다. 범선을 타고 나가면 금세 배가 가득 찼고 잡아온 새우를 소금에 절이고 쪄서 말리는 일이 하루 종일 끊이지 않았다고 한다.

섬에 있었던 새우젓 독 공장

새우가 너무 많이 잡혀 새우젓을 담을 독이 모자랄 지경이었다. 1948년쯤, 북쪽에서 피난 온 사람들이 한얼리 해변에 독 공장을 차렸다. 그런데 문갑도에는 독을 구울 흙이 없었다. 흙은 충남 서산과 아산에서 배로 실어 왔다고 한다. 남주관 씨가 운영한 공장엔 옹기 장인 열 명에서 스무 명이 일했다. 천주교 문갑 공소 앞에도 공장이 하나 더 있었는데 사람들은 그냥 '앞마을 공장'이라 불렀다. 흙 한 줌 나지 않는 섬에 독 공장이 생겼다는 것이 놀랍다. 소야도와 덕적도 북리에도 유사한 독 공장이 있었다고 한다.

<사진: 문갑도 새우젓 독 공장 터>

겨울이면 어민들은 북서풍 타고 충남 당진, 서산, 홍성으로 새우젓을 직접 팔러 갔다. 돈으로 받기도 하고, 대부분 쌀이나 잡곡이랑 바꾸는 일이 많았다. 새우젓 팔러 다니면서 문갑도 사람들은 충청도 사람들과 자주 만났다. 실제 문갑도에는 충청도 사람들이 이주에서 살기도 하고 서로 혼인도 하였다고 한다. 그래서 문갑도를 처음 방문한 사람들은 귀를 의심한다. 섬사람들이 충청도 말씨 '~씨유'를 자연스럽게 쓴다.

1960년대엔 배에 새우젓을 싣고 인천 화수부두까지 가서 팔았다고 한다. 당시 인천 화수부두는 서해안의 수산물 중심지였다. 새우젓을 판매하는 대륙상회, 개성상회, 인천상회 등이 있었다고 한다. 1980년 이후 수협이 새우젓을 위탁판매 하면서 점차 사라졌다.

우리나라 3대 어장이었던 장봉도

영종도 북쪽 옹진군 북도면에 장봉도가 있다. 영종대교나 인천대교 건너 영종도에서 북쪽으로 가면 삼목선착장이 나온다. 거기서 배를 타면 장봉도다. 차도 배에 실을 수 있어서 섬 이곳저곳 편하게 구경할 수 있다.

장봉도는 옛날부터 우리나라 3대 어장으로 꼽혔다. 만도리 어장, 수시도 어장, 은염 어장, 선수 어장. 이름만 들어도 풍성한 바다가 펼쳐진다. 이 바다들의 공통점은 한강 민물과 서해 바닷물이 만나는 기수역이다. 1960년대만 해도 조기, 민어, 밴댕이, 젓새우가 넘쳐났다는 얘기가 전설처럼 남아 있다.

〈사진: 건어장에 있는 곳배〉

건어장 해변을 가면 배 한 척이 전시돼 있다. 그냥 보면 평범한 나룻배 같지만 자세히 보면 옛사람들의 지혜가 숨어 있다. 이름은 곳배.

곳배의 특징은 닻 대신 곳 방석을 쓴다. 긴 참나무 두 개를 십자로 엮고, 그 사이에 나뭇가지를 빽빽하게 끼워서 거미줄처럼 동그란 판을 만든다. 어장으로 가면 곳방석을 바다에 가라앉히고 손바닥만 한 돌 백오십 개쯤 얹어서 단단하게 고정한다. 곳방석 쓴다고 해서 곳배다.

배 몸체는 소나무로 만들고 밧줄은 칡넝쿨을 꼬아서 만들었다. 엔진도 없고 혼자 못 움직이는 배이다. 다른 배가 곳배를 끌고 가서 물살이 센 데 내려놓으면 곳배는 거기서 물때를 기다리며 새우를 잡았다. 배의 이름을 지역마다 부르는 이름도 달랐다. 강화도와 경기도에선 곳배, 충청도에선 실치잡이배, 전라도에선 멍텅구리배라 불렀다.

곳배는 그냥 어선이 아니었다. 구한말과 일제강점기 때 땔나무 실어 나르던 시선 배가 원조이다. 동력선이 나오면서 시선 배가 점차 사라지니까 사람들은 배를 수리하여 새우잡이 배로 만들었다. 곳배는 우리나라 전통 배 모습을 간직하면서 시대에 맞춰 변신하였다.

자동차로 가는 석모도

석모도는 원래 세 개 섬이었다. 송가도, 석모도, 어류정도가 일제강점기부터 해방 후까지 오랜 시간에 걸쳐 하나로 합쳐졌다. 지금은 다리 놓여서 차로 갈 수 있지만 예전에는 외포리에서 배를 타고 갔다.

석모3리 구란 마을 지나 한가라지 고개에서 산을 오르면 상봉산이 눈에 들어온다. 봄엔 온 산이 진달래로 물든다. 해발 316m 상봉산에 오르면, 주문도와 볼음도가 보이고 날씨 좋으면 북한 땅까지 보인다. 석모3리 마을엔 특별한 전통이 있다. 바로 구란 농악. 마을 어른들은 어릴 적 상모 돌리며 정월부터 대보름까지 마을을 돌아다니던 그때를 기억한다. 그 농악이 얼마나 유명했는지 한국민족문화대백과사전에도 기록되어 있다.

송가 평에서는 석모도 쌀 대부분을 생산하는데, 맛이 좋기로 소문났다. 최근 석모 1리 주민들은 석모도 쌀로 석모도 현미칩을 만들었다. 현미와 새우를 넣은 두 종류 현미칩은 담백하고 나트륨 함량이 적어 아이들이나 고령자들의 영양간식으로 좋다.

석모도 걷다 보면 박석돌이라는 특이한 돌을 만난다. 두께 10~20cm로 얇은데도 단단한 이 돌은 최근 종묘와 광화문, 숭례문을 수리할 때 사용되었다. 〈시월애〉와 〈취화선〉 영화가 석모도에서 촬영되었다.

과거 석모도와 볼음도, 아차도 사이 바다가 은염 어장으로 유명한 새우 어장이었다.

한강이 오염되고 어로 허용선이 세 번이나 남쪽으로 내려가면서 고기잡이가 힘들어졌다. 어민들은 전북이나 전남까지 내려가서 긴 출가 어업을 시작하였다.

자료에 의하면, 1981년 전남의 젓새우 조업선 303척 중에 강화와 인천 배가 100척이었다.

흥미로운 것은 강화, 인천 배들은 동력선이 많았고 기술도 뛰어났다. 60~70년대에 강화, 인천 어민들이 전남, 전북으로 내려가서 현지 어민들한테 배 만드는 법과 어구, 어법 기술을 전수했다고 한다. 인천 어민들의 앞선 기술 덕분에 전남, 전북 바다에서는 갈등 없이 고기 잡을 수 있었다고 한다.

2007년 이후 반가운 변화가 시작됐다. 만도리 어장, 장봉 어장, 선수 어장에 새우가 다시 돌아온 것이다. 지금은 강화에서 가을마다 새우젓 축제가 열릴 만큼 새우가 많이 잡힌다.

선수 어장과 황청 어장에서는 젓새우와 밴댕이가, 만도리 어장에서는 새우와 꽃게가, 황산도 어장에서는 실뱀장어와 젓새우가 주로 잡힌다.

이제는 전라도와 충청도 배들이 강화도, 울도, 심지어 백령도까지 올라와 젓새우를 잡는다. 생산 시설도 좋고 톤수도 큰 이들의 배는 근해 어업 허가권을 가지고 있어 법적으로도 문제가 없다. 상황이 역전된 것이다.

2018년 통계청 자료에 따르면 인천의 새우 어획량은 연간 1,300톤 수준이다. 다만 전라도와 충청도 어선들이 인천 바다에서 잡은 새우는 이 통계에 반영되지 않았다. 이러한 점을 감안 하면 실제 인천의 새우 어획량은 20~30% 더 많을 것으로 짐작된다.

섬 지역에 세워진 독 공장은 그곳에서 살아온 사람들의 삶을 고스란히 담고 있다. 문갑도 한얼리에 남아 있는 독 공장 터를 문화재로 지정

해 보존할 필요성이 있다. 강화 바다를 누비며 새우를 잡던 강화 곳배
는 우리나라 전통 배의 모습을 간직하고 있다.

인천 섬에서는 여전히 젓새우가 많이 나고 있다. 강화 곳배를 전시하
고 새우젓의 역사를 한눈에 볼 수 있는 새우젓 박물관이 있다면 어떨까.

그리고 무엇보다 중요한 것은 바다를 깨끗하게 유지하는 일이다. 한
강 하구의 오염을 줄이고 어장을 보호해야 우리 아이들도 맛있는 새우
를 계속 먹을 수 있다.

섬 노트

문갑도에서는 깃대봉을 중심으로 한 등산 코스가 인기다. 선착장에
서 출발해 어루재, 처녀바위, 깃대봉 정상을 거쳐 마을로 돌아오는 코
스로 3~4시간이 소요된다. 석모도 매음리에는 서해 노을을 바라보며
노천탕을 즐길 수 있는 미네랄 온천이 있다. 등산을 즐긴다면 전득이
고개에서 해명산과 낙가산을 거쳐 보문사 주차장으로 내려오는 코스
를 추천하며, 서해가 파노라마처럼 펼쳐진다.

7 주문도

조기잡이 배가
쉬어가던 포구

강화도 후포항 선수선착장에서 배를 타고 1시간쯤 들어가면 만날 수 있는 주문도는 이름부터 예사롭지 않다. 임경업 장군이 청나라를 정벌하러 가던 길에 이곳에 들러 임금님께 글을 올렸다는 이야기가 전해진다. 아뢸 주(奏), 글월 문(文)을 써서 주문도라 한다. 섬 하나에도 역사가 깃들어 있는 섬이다. 주문도, 아차도, 볼음도가 속한 강화군 서도면 일대는 젓새우가 워낙 많이 잡혀 '깔판'이라는 말이 생겨날 정도였다. 잡아 온 새우를 쪄서 말리려면 넓은 공간이 필요하여 새우를 깔아 놓는 판이 필요하다는 뜻에서 자연스럽게 만들어진 말이다.

<사진: 주문도 웅구지>

조깃배들이 쉬어가던 포구

연평도는 조기잡이로 유명했다. 당시 우리나라에서 잡히는 조기의 거의 절반이 연평도에서 나왔다. 연평도에서 잡힌 조기는 인천, 서울, 경기도는 물론이고 강원도 일부, 황해도, 평양, 사리원까지 실려 갔다.

연평도에서 조기를 잔뜩 싣고 온 배들이 서울 마포로 가기 전에 꼭 들르던 곳이 바로 주문도 웅구지라는 작은 포구이다. 지금은 조용한 어촌이지만 80년 전만 해도 이곳은 엄청나게 북적이던 곳이었다. 조기를 가득 실은 배들은 만선기를 휘날리며 웅구지에 들어오면 포구는 축제 분위기였다.

웅구지에는 가옥 열세 채, 종업원은 서른에서 마흔 명이 일하는 식당과 술집들이 있었다고 한다. 강화 십 경중 하나로 꼽힐 만큼 번성했던 포구였다. 옛날 서도 사람들이 부르던 노래가 있다.

서도어가　연평바다　조기배에　댓고쟁이
만선기가　보일때에　선착장에　동네잔치
벌였는데　응구지에　술집기생　먼저나와
화장냄새　풍겨대니　선원들이　싱숭생숭
싱글벙글　선원부인　아주머니　속이상해
이불쓰고　한-숨을　푸우욱푹　쉬어댄다
어야좋다　어야디야

조깃배가 만선기를 달고 들어오면 동네잔치처럼 떠들썩했고 응구지 술집에서는 손님맞이 준비가 한창이었다는 내용이다. 선원들은 들뜨고 기뻤지만, 집에서 기다리는 아내들은 속상해서 한숨을 쉬었다는 이야기이다.

가을 들판, 큰 손님을 맞는 곳

주문도는 서울 마포에서 중국으로 가는 뱃길 길목에 자리 잡고 있다. 대빈창 해수욕장이라는 이름도 중국에서 오는 높은 사신이나 상인을 맞이하던 그곳이라서 붙여졌다. 대빈창은 큰 손님을 맞는다는 뜻이다. 대빈창 해수욕장은 1.3km 되는 긴 해변이다. 해변을 따라 소나무 숲이 우거져 있어서 여름이면 시원한 그늘을 만들어준다. 물이 빠져서 갯벌이 드러나면 상합 조개를 캘 수 있다. 앞장술과 뒤장술 해수욕장도 유명하다. 장술이라는 말은 모래가 쌓여서 파도를 막아주는 언덕을 뜻한다.

썰물 때 대빈창 해변에 서서 보면 멀리 대연평도 · 소연평도가 보인다. 바다 건너 연평도를 바라보고 있으면, 그 옛날 조깃배들이 만선기를 달고 오가던 모습이나 중국의 사신들이 어렴풋이 그려진다.

가을이면 주문도 들판에는 누런 곡식이 익어간다. 가을 들판을 걸으면 왠지 고향에 계신 부모님이 마중을 나오는 것 같은 기분이 든다. 갯벌과 누렇게 익어가는 가을 들판이 함께 있는 풍경은 주문도가 가진 특별한 매력이다.

주문도에는 서도 중앙교회라는 오래된 교회가 있다. 1902년에 세워졌고, 1923년에 주민들이 서로 돈을 모아 한옥 형식으로 예배당을 지었다. 전통 목조 건물로 지어진 예배당은 1997년에 인천광역시 문화재로 지정됐다. 100년이 넘는 시간 동안 섬사람들과 함께해온 곳이다.

주문도에는 강화 나들길 12코스가 있다. 선착장에서 출발해서 주문저수지, 서도 중앙교회, 해당화 군락지, 살곶이를 거쳐 뒤장술 해수욕장까지 이어진다. 3시간 정도 걸으면 섬을 한 바퀴 돌 수 있다. 천천히 걸으면서 바다도 보며 황금 들판도 보고, 마을도 구경하면 하루가 금방 지나간다.

조용한 섬에서 하루를 보내고 싶다면 주문도만 한 곳이 없다. 웅구지에서 옛이야기를 떠올리며 포구를 걸어보자. 가을이 오면 들판에서 익

〈사진: 주문도 대빈창 해수욕장〉 사진 제공: 정윤호

어가는 곡식을 보면서 대빈창 해수욕장에 서 있으면 기쁜 소식이 올 것 같다. 일상에서 벗어난 특별한 손님을 만날 수 있다. 섬은 그렇게 우리를 기다리고 있다. 큰 소식을 가져온다고.

섬 노트

봄과 가을, 배를 타고 주문도, 볼음도를 가다 보면 주변에 고깃배들이 눈에 보인다. 대부분 젓새우를 잡는 배들이다. 대빈창 해변과 뒷장술 해수욕장에서 캠핑과 백패킹을 즐기는 여행자들이 늘고 있다. 주문도의 특산물로는 상합 조개, 숭어, 농어가 유명하고 땅콩도 난다. 살곶이 주변에서는 망둥이를 비롯해 숭어, 우럭, 농어 낚시도 즐길 수 있다.

별난 꺽죽이
이야기

10월의 소청도는 특별하다. 육지에서 단풍이 한창일 때 긴 장대 하나씩 든 사람들이 해안가로 모여든다. 언뜻 보면 낚시꾼들 같지만 들여다보면 전혀 다른 이야기가 펼쳐진다.

소청도 사람들은 밀물 때를 기다린다. 정확히 말하자면 바닷물이 육지 쪽으로 밀려드는 그 순간을 기다린다. 그때가 되면 평소에는 깊은 바다 속에서 살던 한 물고기가 얕은 바위틈으로 찾아온다.

그 물고기의 이름은 삼세기. 어떤 곳에서는 삼식기라 부르고, 또 어떤 곳에서는 삼숙이라 부른다. 소청도와 대청도 사람들은 이 물고기를 꺽죽이라 부른다. 못생긴 생김새 그 때문에 붙여진 이름이라는 이야기도 있지만, 그 못생긴 얼굴 뒤에 숨겨진 맛은 겨울 바다가 주는 최고의 선물이다.

삼세기는 10월부터 3월까지, 겨울이 깊어지는 동안 얕은 바다로 나온다. 산란을 위해서다. 바위에 알을 낳기 위해 평소 살던 깊은 바다를 떠나 해안가로 온다. 30cm 정도 되는 삼세기 한 마리가 낳는 알은 무려 5천 개에서 8천 개. 새 생명을 품기 위해 얕은 곳까지 헤엄쳐 오는 것이다.

<사진: 소청도 꺽죽이 잡이> 사진 제공: 이은철

낚시도 그물도 아닌 갈고리로

물고기를 잡는 방법은 셀 수 없이 많다. 낚시를 드리우거나, 그물을 던지거나, 때로는 맨손으로 잡기도 한다. 하지만 소청도에서 삼세기를 잡는 방법은 그 어디에도 속하지 않는다.

긴 장대 끝에 갈고리를 매단다. 그게 전부다. 미끼도 없고 그물도 없다. 그저 물속을 들여다보며 삼세기가 나타나길 기다린다. 그리고 입을 벌리는 순간을 노린다.

삼세기를 잡는 비결은 집중력이다. 맑은 바다 물속을 들여다보며 바위 근처를 서성이는 삼세기를 찾는다. 하지만 그것만으로는 부족하다. 입을 벌리는 순간을 기다려야 한다. 그때 보이는 입안의 파란 부분인 그곳을 향해 갈고리를 밀어 넣는다.

처음 해보는 사람에게는 쉽지 않은 일이다. 수심 때문에 실제 위치와 보이는 위치가 다르고 햇빛이 물에 반사되어 눈이 부시다. 하지만 몇 번 시도하다 보면 요령이 생긴다. 물고기가 입을 벌리는 찰나의 순간, 갈고리가 정확히 들어가는 그 느낌을 알게 된다.

몇 해 전 소청도를 찾았을 때 직접 삼세기 잡기를 체험했다. 처음에는 물속이 제대로 보이지 않았고 빛이 어지럽게 반사되어 눈이 아팠다. 하지만 점점 익숙해지면서 그 재미에 푹 빠졌다. 낚싯대를 드리우고 기다리는 것과는 전혀 다른 긴장감이 있었다.

삼세기를 처음 보면 놀란다. 온몸이 작은 가시와 돌기로 뒤덮여 있으며 눈은 머리 위로 불쑥 튀어나와 있다. 턱과 뺨이 몸 전체에 나뭇잎처럼 갈라진 피부 조각들이 달려 있어 마치 바다 괴물 같다. 쑤기미와 비슷하게 생겼으나 다행히 독은 없다.

하지만 매운탕 냄비에 들어간 삼세기는 전혀 다른 모습을 보여준다. 비린내가 거의 없으며 구수하고 담백한 국물이 일품이다. 특히 부드러운 연골을 씹는 맛과 톡톡 터지는 알의 식감은 추운 겨울날 온몸을 녹

여준다. 강원도 동해안 음식점에서 삼숙이 매운탕을 쉽게 찾아볼 수 있
는 이유가 바로 여기에 있다.

〈사진: 삼세기 매운탕〉 사진 제공: 김형진

섬사람들의 겨울 양식

소청도 사람들에게 삼세기는 단순한 물고기가 아니다. 가을의 소중
한 수입원이다. 잡은 삼세기는 백령도나 대청도로 보내져 호박김치에
들어가거나 매운탕으로 쓰인다. 겨울철 별미를 찾는 사람들이 많아서
수입도 쏠쏠하다. 이 독특한 어업 방식은 소청도에서 오랫동안 이어져

온 문화다. 할아버지가 아버지에게, 아버지가 아들에게 물려준 지혜다. 단순해 보이지만 그 안에는 바다를 읽는 눈과 물고기의 습성을 아는 지식, 정확한 타이밍을 잡는 기술이 모두 담겨 있다.

요즘 사람들은 광어(넙치)나 우럭(조피볼락) 같은 흔한 횟감에만 관심을 둔다. 주로 양식장에서 키운 물고기들이다. 반면 삼세기처럼 독특한 맛을 가진 자연산 물고기는 점점 잊혀 간다.

삼세기는 겨울철 매운탕 재료로 최고이다. 성장 가능성도 높다.

무엇보다 소청도의 전통 어업 방식은 그 자체로 문화유산이다. 특정 지역의 환경과 풍습에 맞춰 발전한 전통 어업을 체계적으로 보존하는 국가 중요어업 유산 제도가 있다.

소청도의 삼세기 잡이를 국가 중요어업 유산으로 지정해 보호할 가치가 충분하다. 오래된 지혜가 사라지기 전에 기록하고 전승해야 한다.

섬 노트

국가 중요어업 유산 제도는 어업인들이 오랜 세월 지역의 환경과 사회, 풍습에 맞춰 가꿔온 유·무형 어업 자원 중 보전 가치가 높은 것을 해양수산부 장관이 지정해 관리하는 제도이다. 해양수산부는 최근 세계중요농업유산(GIAHS)의 용어 정의를 새롭게 포함하고, 제주 해녀업과 하동 섬진강 재첩업 등의 사례를 반영하여 고시를 개정하였다.

홍어의 섬

홍어 하면 흑산도를 떠올리는 사람이 많다. 하지만 홍어의 고향은 인천 섬 대청도다. 1530년, 조선시대 지리책에 이미 인천 지역 특산물로 홍어가 기록되어 있었다. 그만큼 오래전부터 서해에서는 홍어가 흔한 물고기였다. 전남 흑산도만의 이야기가 아니었던 셈이다.

홍어는 차가운 물을 좋아하는 물고기이다. 수심 30m에서 200m 사이, 수온은 5℃에서 15℃ 정도 되는 냉수대에서 살아간다. 새우나 오징어, 게 같은 것들을 잡아먹으며 바다를 유유히 헤엄친다. 특히 1월과 2월 알을 낳기 직전의 홍어는 살이 오동통하게 올라 맛이 가장 좋다. '찬바람이 불어야 홍어 맛이 난다.'라는 어르신들 말씀이 괜히 나온 게 아니다.

〈사진: 홍어〉 사진 제공: 김형진

대청도식 홍어잡이의 탄생

대청도 사람들은 처음에는 노래미를 잡아 미끼로 써서 낚시를 바다에 놓고, 반나절 뒤 걷어 올리는 장주낙 방식으로 홍어를 잡았다. 그런데 1966년쯤, 어느 외지 사람이 새로운 방법을 들고 왔다. 미끼도 없이 빈 바늘만으로 홍어를 잡는 건주낙이라는 기술이었다. 일본에서 가오리 잡을 때 쓰던 방식이라고 했다.

이 방법 덕분에 대청도 어부들의 삶을 완전히 바꿔놓았다. 미끼를 따로 구할 필요도 없고 장주낙 방식보다 일손도 덜 들었다. 대신에 훨씬 많은 홍어를 잡을 수 있었다. 대청도 배들은 북방한계선 근처까지 올라가며 신나게 조업했다.

이렇게 잡은 홍어는 가마니에 깔고 자갈을 덮어 삭히거나 말렸다. 그렇게 준비한 홍어를 군산이나 영광 법성포까지 가져가 쌀이나 반찬거리와 바꿔 먹었다. 홍어는 단순한 물고기가 아니라 섬사람들의 생계 그 자체였다.

그러나 좋은 시절은 오래가지 않았다. 1960년대 들어 서해에서 북쪽으로 끌려가는 어선이 늘어나고 갈등이 계속되었다. 정부는 어로허용선을 3차에 걸쳐 남쪽으로 내렸다. 1974년에는 백령도 두무진 서남방 근처에서 홍어잡이 배가 격침되고 다른 배는 납북되는 일까지 벌어져 큰 충격을 주었다. 어민들은 더 이상 마음 놓고 홍어를 잡을 수 없게 되었다. 1975년부터 하나둘씩 전남 흑산도로 떠나기 시작했다. 송명섭 씨가 먼저 떠났고, 1984년에는 김상렬 씨가 여섯 척의 배를 이끌고 흑산도로 향했다.

흑산도에 전해준 혁신 기술

김상렬 씨의 회고에 따르면 흑산도는 대청도와 달랐다. 밤낮 구분 없이 24시간 마음껏 조업할 수 있었고 단속도 덜 했다. 흑산도 사람들은 여전히 미끼를 쓰는 옛날 방식으로 홍어를 잡고 있었는데, 대청도 사람들이 가져온 건주낙 기술을 보고 깜짝 놀랐다고 한다. 기술을 서로 배우려고 막걸리를 자주 대접받았다고 한다.

대청도 어부들이 전해준 혁신 기술 덕분에 1980년 전후 흑산도에서는 홍어가 넘쳐났다. 지금 우리가 흑산도 하면 홍어를 떠올리는 데에는 이런 숨은 이야기가 있었다.

통계를 보면 재미있는 사실을 알 수 있다. 2018년까지만 해도 인천에서 잡힌 홍어가 전남보다 많았다. 그러다 2019년부터 전남의 홍어 생산량이 늘어나며 인천을 앞질렀다.

2021년에는 대청도에서 흑산도로 전해진 건주낙 어업 방식은 흑산도 지역만 국가 중요어업 유산으로 지정되었다. 섬에서 섬으로 이어진 기술과 사람들의 이야기가 공식적으로 인정받은 셈이다.

대청도에서 함경도까지 홍어의 모든 것

홍어 하면 누구나 삭힌 홍어를 먼저 떠올린다. 홍어의 세계는 우리가 아는 것보다 훨씬 넓고 깊다. 대청도에서는 바다에서 건져 올린 홍어를 손질하여 냉장고에서 약간 숙성한다. 그 후에 생으로 회와 탕으로 먹는다. 대청도 식당에서는 홍어회와 홍어탕을 비롯한 홍어 모둠을 통해 그 신선함을 그대로 전한다.

또한 전북지방에서는 정성껏 만든 홍어찜을 상에 올리기도 한다. 인천 섬에서는 묵은지를 넣고 끓인 홍어탕은 겨울 섬마을의 풍경과 잘 어울린다. 『동국여지승람』에는 홍어구이가 함경도의 특산물로 소개되어 있다. 껍질을 벗기고 뼈째 편으로 썬 홍어에 깨소금을 뿌려 꾸덕꾸덕하게 말린다. 정성스레 양념장을 발라 숯불 위에 올린다. 파와 미나리의 향이 은은하게 어우러지는 그 순간 홍어구이는 단순한 음식을 넘어 하나의 문화로 피어난다.

푸드 마일리지Food Mileage 제로인 대청도

요즘은 생산지와 소비지가 멀리 떨어져 있는 경우가 많다. 우리가 먹는 것들이 어디서 왔는지, 누가 길렀는지 알 수 없는 시대다. 그러나 대청도는 조금 다르다. 바다에서 막 건져 올린 홍어가 곧장 식탁 위에 올라 생산지와 소비지 사이의 거리가 거의 존재하지 않는 곳이다. 예컨대 푸드 마일리지가 제로에 가깝다. 그 신선함을 고스란히 담은 홍어회 한 점, 뜨끈하게 끓여낸 홍어탕 한 그릇을 대청도에서 직접 맛본다면 음식이 얼마나 솔직하고 깊은 이야기를 품을 수 있는지 느끼게 될 것이다.

대청도의 청정한 바닷속에서 자란 자연산 다시마와 미역은 그 자체로 이미 선물이다. 싱싱한 생 홍어에 다시마와 미역을 곁들여 세트로 묶는다면, 단순한 먹거리를 넘어 대청도의 깨끗한 바다와 그 안에 담긴 사람들의 정성이 함께 전해지는 더없이 따뜻한 선물이 될 것이다.

<사진: 홍어 말리기>

섬 노트

갓 잡은 생 홍어를 살 수 있지만 손질이 쉽지 않다. 그럴 때는 꾸덕하게 말린 홍어를 선택해 보자. 쪄서 먹기도 편하고, 잘 익은 김치를 넣어 탕으로 끓여도 좋다. 대청4리 마을 주민들이 홍어채와 말린 홍어를 직접 판매하고 있다. 지난해에는 예비사회적기업으로 지정되었다.

PART 5

겨울,
섬이 삭이는 기다림

"섬은 바다의 외로움이 응고된 것이 아니라,
바다의 기다림이 빚어낸 결정체다."
— 이생진, 『먼 섬에 가고 싶다』 중에서

바지락이 만든
마을

찬바람이 불기 시작하면 국물 생각이 난다. 뜨끈한 바지락 칼국수 한 그릇을 후루룩 비우고 나면 온몸에 온기가 돌며 몸이 한결 가벼워지는 느낌이 든다. 칼칼하게 끓인 바지락 고추장찌개도 마찬가지다. 한 숟가락 뜨면 속이 확 뚫리는 느낌이랄까.

생각해 보면 바지락만큼 쓰임새 많은 재료도 드물다. 국물에 넣으면 깊어지고 찌개에 넣으면 개운해진다. 회무침으로 무쳐내면 새콤하고 죽으로 끓이면 부드럽다. 특별한 기술이 없어도 재료 하나만으로 밥상이 달라지는 게 신기할 정도다. 오래전부터 우리 밥상에 올랐던 이유가 있는 셈이다.

반지락, 바스레기, 그리고 바지락

재미있는 건 지역마다 바지락을 부르는 이름이 달랐다는 점이다. 동해안에서는 빤지락, 경남에서는 반지래기, 전라도에서는 반지락, 황해도에서는 바스레기라 불렀다. 같은 조개인데 지역 사투리를 입으니 어쩐지 더 정겹게 느껴진다. 마치 각 지역 사람이 바지락에게 애칭을 붙여준 것만 같다.

황해도 해주와 옹진 지역에서는 독특한 바지락 요리가 있었다고 한다. 바스레기 김국은 바지락과 불에 구워 바스러뜨린 김을 고추장 국물에 넣어 끓인 것이다. 바스레기 두부탕은 바지락 국물에 된장과 고추장을 풀고 두부를 넣어 보글보글 끓인 음식이다. 지금은 쉽게 맛볼 수 없는 실향민들의 고향 음식이다.

바지락은 한번 뿌리내린 자리를 좀처럼 떠나지 않는 어패류다. 갯벌 모래와 흙 속에 몸을 숨기고 물속을 떠다니는 식물성 플랑크톤을 먹으며 살아간다. 생명력이 질기고 자라는 속도도 빠른 편이라, 예로부터 서해와 남해 갯벌 사람들에게는 든든한 식량 자원이었다.

〈사진: 바지락 캐기〉

바지락의 고향, 선재도와 영흥도

육지로 연결된 선재도와 영흥도는 우리나라를 대표하는 바지락 산지다. 그중에서도 선재도는 특별한 의미를 지닌 곳이다. 1926년, 이곳은 우리나라 최초로 바지락 어업 면허를 받은 섬이다. 거의 100년 전 일이니 선재도는 우리나라 바지락 양식의 시작점인 셈이다.

요즘도 선재도와 영흥도에서는 갯벌 체험 행사가 열린다. 장화를 신고 호미를 들고 갯벌로 나가는 사람들의 얼굴에는 설렘이 가득하다. 도시에서는 결코 느낄 수 없는 경험이다. 갯벌 사이로 바지락을 캐는 순간의 손맛과 그 감촉은 한번 느껴본 사람만이 안다.

선재도와 영흥도에서는 바지락 고추장찌개를 즐겨 먹는다. 이 찌개가 탄생한 이야기도 흥미롭다. 영흥도의 토속 음식인 바지락 쌈장과 바지락 누루미에서 발전한 것이 바로 바지락 고추장찌개라고 한다. 바지락 누루미는 조갯살에 찹쌀이나 밀가루 반죽을 입혀 끓인 섬마을 수제비다. 섬사람들의 지혜가 만들어낸 소박하지만 맛깔스러운 음식이다.

영흥도에는 바지락 고추장찌개로 유명한 식당들이 있다. 요즘은 밀키트로 개발되어 집에서도 바지락의 맛을 즐길 수 있게 됐다. 인천 동구 만석동에는 바지락 쌈장으로 소문난 곳도 있다. 연평도에서는 바지락 소스를 만들어 판매한다. 각 지역은 저마다의 방식으로 바지락 고유의 맛을 이어가며 발전시켜 나가고 있다.

<사진: 영흥도 바지락 고추장찌개> 사진 제공: 임병구

바지락은 굴 다음으로 우리가 많이 찾는 어패류다. 그만큼 우리 식탁에서 중요한 자리를 차지한다. 하지만 걱정스러운 소식도 들려온다. 국내 바지락 생산량이 해마다 줄어들고 있다는 것이다. 갯벌 면적이 줄어들면서 바지락이 살 곳이 사라진 탓도 있고, 좁은 면적에 너무 많은 바지락을 키우는 문제도 있다고 한다. 지구온난화 문제 등 여러 원인이 복잡하게 얽혀 있다.

앞으로 국내산 바지락이 우리 밥상을 지키려면 어떻게 해야 할까. 우선 우리 바지락의 뛰어난 품질을 알리며 브랜드로 키워야 한다는 목소

리가 있다. 또한 갯벌 양식의 한계를 넘어설 새로운 기술 개발도 필요
하다고 한다.

　겨울이 시작되는 육지는 쌀쌀하지만, 바지락은 따뜻한 밥상을 만든
다. 바지락 하나에 섬마을 사람들의 삶이 담겨 있으며 오랜 시간 이어
져 온 우리 음식 문화의 역사가 새겨져 있다. 바닷바람 맞으며 갯벌에
서 바지락을 캐고, 그 바지락으로 끓인 따끈한 찌개를 먹는 날. 이 작은
조개가 전하는 진짜 이야기를 듣게 될 것이다.

〈사진: 제1회 비치 브루잉 배틀〉

2 무의도

겨울 문턱,
숭어가 꾸는 꿈

 겨울이 오기 시작하면 대부분의 물고기는 깊은 바다로 떠나간다. 차가운 바닷물을 피해 깊은 바닷속으로 숨어들거나 따뜻한 남쪽으로 이동한다. 하지만 서해는 조금 다르다. 난류와 한류가 만나는 이곳에서는 추운 겨울에도 생명이 꿈틀댄다. 그 주인공 중 하나가 바로 숭어다. 추위가 잠시 물러서는 날, 인천 앞바다의 섬을 찾다 보면 처마 아래 혹은 바람이 잘 드는 곳에 나란히 걸려 말라가는 숭어들을 만나게 된다.

 숭어는 전 세계 바다에 다양하게 퍼져 있는 물고기다. 우리나라에서는 크게 두 종류로 나뉘는데, 제사상에 올리던 참숭어와 흔히 볼 수 있던 개숭어가 그것이다. 같은 이름을 공유하지만, 둘은 태어나는 시기도 다르고 사람들이 즐겨 먹는 계절도 달랐다. 서남해안 어촌 사람들은 참숭어를 귀하게 취급했고 개숭어는 좀 더 흔한 생선으로 생각했다고 한다.

 그런데 이 숭어가 조선시대에는 민어와 어깨를 나란히 하던 고급 어종이었다는 사실을 아는 사람은 많지 않다. 종갓집에서는 제사 음식으

로 숭어를 썼고, 숭어알은 귀한 손님 앞에 내놓는 술안주였다. 동의보
감에는 숭어가 진흙을 먹어 어떤 약과도 어울린다는 기록이 있을 정도
였다. 숭어는 계절마다 맛이 달라지는 생선이기도 하다. 보리가 자라는
봄철(4~5월)이 되면 살이 쫄깃하고 담백해져 '보리 숭어'라는 이름으로
불리며 특히 인기를 끈다. 겨울철(11월~1월)에는 펄 냄새가 덜하고 살
에 기름기가 올라 또 다른 맛으로 즐길 수 있다. 제철에 따라 전혀 다른
매력을 보여주는 것이 숭어의 특별함이다.

<사진: 겨울철 숭어 말리는 모습>

두 세계를 오가는 물고기

숭어가 특별한 이유는 또 있다. 이 물고기는 민물과 바닷물을 자유롭게 넘나든다. 강 하구에서 태어나 바다로 나갔다가, 다시 민물로 돌아오는 생활을 반복한다. 옛사람들은 이런 숭어의 습성을 보며 특별한 의미를 부여했다. 이승과 저승, 두 세계 사이를 오가는 존재처럼 여긴 것이다. 그래서 망자를 위한 제사상이나 죽은 이의 영혼을 위로하는 굿판에 숭어가 올랐다. 살아있는 자와 죽은 자 사이에서 메신저 역할을 할 수 있다고 믿었다. 단순히 맛있는 생선이 아니라 신성한 의미를 지닌 존재였다.

인천공항 주변에 있는 섬, 무의도. 겨울철은 조용한 섬이지만 예전에는 꽃게와 새우가 넘쳐나던 풍요로운 어촌이었다. 40여 척의 어선이 드나들며 활기가 넘쳤던 시절도 있었다고 한다.

대무의도 포내리에서 평생을 사신 어르신은 겨울 숭어를 기억한다. 추운 겨울날 바닷물이 살얼음처럼 얕게 얼 때가 있었다. 동네 사람들은 이것을 죽세기라고 불렀다. 이 죽세기에 휩쓸린 숭어들이 해안가로 떠밀려 오곤 했다. 어르신은 이때 잡은 숭어의 맛을 잊지 못한다.

겨울 숭어는 살이 단단하고 쫄깃했다고 한다. 회로 먹기에 딱 좋았다. 반쯤 말린 숭어를 쪄 먹기도 했고, 큰 숭어는 인천 시내로 가져가 팔기도 했다. 어르신은 겨울이면 숭어 새끼인 동어를 소주 한 잔과 함께 즐기곤 했다. 작은 물고기였지만 그 안에는 겨울 바다를 함께 견뎌낸 시간의 따스함이 담겨 있었다.

노래로 되살아난 섬의 이야기

무의도에는 오래전부터 전해 오던 〈떼루야 타령〉이 있다. 이 노래는 섬사람들이 숭어를 잡으며 부르던 노동요이자 함께 모여 놀며 부르던 흥겨운 가락이다.

이 전통 민요를 현대에 되살린 사람들이 있다. 무의도에서 아트센터를 운영하며 지역 문화를 지키려 애써온 차광영 대표와 인천 풍물 보존 연구회 회장이었던 고 노종선 대표가 함께 창작곡을 만들었다. 〈무의도 숭어의 꿈〉이라는 이 곡은 축제에서 공연되며 오늘날 전하고 있다.

노래는 무의도의 자랑인 국사봉을 노래하며 시작한다. 팔월 초하루가 되면 온 동네 사람들이 모이던 풍경을 그린다. 그리고 하나개 앞바다로 넘어간다. 그곳에는 숭어도 많고 민어도 많았다. 사람들은 말장(말뚝)을 박고 그물을 쳐서 숭어를 잡았다.

에 헤 에 에루야, 어 어 어허 떼루야, 떼루야 떼루야아.

후렴구를 따라 부르다 보면 어느새 바다 내음이 코끝에 닿는 것만 같다. 숭어는 민물과 바닷물을 오가며 두 세계를 잇는다. 어쩌면 우리 삶과 닮았다. 우리도 과거와 현재를 오가고, 일상과 꿈 사이를 오가며 살아간다. 무의도 민요가 들려주는 이야기는 단순한 옛날이야기가 아니다. 지금 이 순간에도 이어지는 자연과 사람의 공존에 관한 이야기다.

겨울 무의도에 가보고 싶어진다. 얼어붙는 바다를 보고 섬사람들이

〈사진: 숭어의 꿈〉 사진 제공: 무의도 아트센터

부르는 〈떼루야 타령〉을 듣고 싶다. 그리고 쫄깃한 겨울 숭어 한 점을
입에 넣으며 〈무의도 숭어의 꿈〉을 불러보자. 숭어가 민물과 바다를 오
가듯이 우리도 일상에서 벗어나 그곳으로 떠나볼 수 있지 않을까.

섬 노트

대무의도 하나개해수욕장은 겨울 낙조가 아름다운 곳으로 알려져 있
다. 해안가를 따라 크고 작은 카페들이 자리하고 신선한 생선을 직접
말려 파는 곳도 눈에 띈다. 겨울이면 벌벌이묵을 내오는 음식점도 있
다.

겨울 섬의 초대장,
홍어 무침과 찜

겨울 바다에는 차가운 바람이 분다. 그런데 그 바람 속에 어딘가 낯설고도 묘한 냄새가 실려온다. 인천 섬 어딘가에서 흘러오는 그 냄새의 정체가 궁금해질 즈음, 발걸음은 어느새 그쪽을 향하고 있다. 바로 홍어다. 파도와 바람 소리만이 가득한 그 섬에 겨울이면 유독 사람들이 모여드는 데는 다 이유가 있다.

섬사람들의 이름으로

홍어와 간재미. 이 두 이름을 들으면 많은 사람들이 고개를 갸우뚱한다. 같은 건가, 다른 건가? 사실 이 물고기들은 지역마다 부르는 이름이 달라서 더 헷갈린다. 전라도나 충청도에서는 간재미를 홍어라고 부르기도 하고, 어떤 곳에서는 반대로 부르기도 한다.

최근 연구 결과가 이 혼란을 정리해 줬다. 간재미로 알려진 물고기가 사실 상어가오리와 같은 종이고, 이것이 유전적으로 홍어와 동일하다는 사실이 밝혀진 것이다. 국립수산과학원에서도 이제는 이 물고기들을 모두 '홍어'라는 이름으로 통일했다고 한다.

　하지만 섬사람들은 여전히 구분해서 부른다. 주둥이가 뾰족하고 날렵한 삼각형 모양을 한 그것은 홍어이고, 좀 더 둥글고 작은 것은 간재미라고 부른다. 과학적으로는 같은 종이어도 오랜 시간 바다를 보며 살아온 사람들의 눈에는 분명한 차이가 보이는 모양이다. 이 장에서는 섬사람들이 부르는 명칭을 그대로 따르고자 한다.

〈사진: 이작도 홍어 무침〉

〈사진: 간재미 찜〉

대이작도 선착장 근처에 자리한 횟집이 있다. 요즘 같은 찬바람이 불면 홍어의 계절이라고 한다. 날씨가 추울수록 맛이 깊어지고 풍미가 좋아진다는 것이다.

홍어를 손질하는 일은 꽤 손이 많이 간다. 깨끗이 씻어서 껍질을 벗겨내고 살짝 말린다. 수분이 적당히 빠진 홍어는 그때부터 다양한 요리로 변신할 준비를 마친다.

탕으로 끓이면 시원하고, 찜으로 쪄내면 부드럽다. 하지만 맛이 있는 것은 홍어 무침이다. 살짝 말린 홍어를 잘게 찢어 양념을 넣는다. 여기서 주인만의 비법이 등장한다. 설탕 대신 직접 산에서 따온 복숭아로 담근 효소를 넣는 것이다. 그렇게 만든 무침은 담백하면서도 은은하게 쏘는 맛이 일품이다.

손님들에게 밑반찬으로 내놓는다. 한번 맛본 손님들은 어김없이 한 접시 더 주문한다. 밥반찬으로도 좋으며 술안주로도 제격이라며 만족해한다. 그렇게 한 번 찾아온 손님들은 계절이 바뀌어도 또다시 발길을 돌린다.

섬이 주는 선물

찜도 빼놓을 수 없다. 살짝 말려 수분을 뺀 간재미에 갖은양념을 넣고 쪄내면 부드러우면서도 깊은 맛이 배어든다. 양념이 스며든 하얀 살을 젓가락으로 집어 따뜻한 밥 위에 올리는 순간, 겨울 바다의 풍경이 입안 가득 펼쳐지는 듯하다.

창밖으로 보이는 겨울 바다는 거칠다. 하지만 그 차가운 바다가 선물하는 맛은 따뜻하다. 새콤달콤하게 무쳐진 홍어 무침, 부드럽게 쪄낸 간재미 찜 한 젓가락. 입안에서 퍼지는 고소함과 담백함. 그리고 뒤따라오는 알싸한 양념의 조화. 김이 모락모락 나는 밥 한 숟가락을 곁들이면 그 맛은 말로 표현하기 어렵다.

겨울 섬은 춥고 외로울 것 같지만 이렇게 특별한 맛과 사람들의 이야기가 있다. 파도 소리를 들으며 먹는 홍어 무침과 찜 한 접시. 그것은 단순한 음식이 아니라, 섬이 건네는 따뜻한 초대장 같은 것이다. 올 겨울에는 이작도를 찾아가 보는 건 어떨까. 바다 냄새와 함께 전해지는 그 특별한 맛을 만나러.

섬 노트

현재는 각종 회와 매운탕을 주로 선보인다. 홍어 무침과 찜은 밑반찬으로 나오기도 한다. 겨울이면 인천 연안부두 주변이나 시내 식당에서도 간재미 찜이나 탕을 맛볼 수 있다. 얼큰하면서도 톡 쏘는 그 독특한 맛은 겨울 별미다.

 맛있는 인천 섬, 사계절의 식탁

자연산 굴이
자라는 바위

겨울 바다는 춥지만 풍성하다. 제철 음식들이 있기 때문이다. 그중에서도 굴은 겨울 바다가 우리에게 주는 특별한 선물이다. '바다의 우유'라는 별명처럼 영양이 가득하여 한 입 먹으면 바다 향이 입안 가득 퍼진다.

굴은 양식 굴과 자연산 굴로 구분한다. 양식 굴과 자연산 굴은 생김새부터 다르다. 양식 굴은 늘 물속에 잠겨 있어서 껍데기가 두툼하고 모양도 일정하다. 크기도 제법 큰 편이다. 반면 자연산 굴은 밀물과 썰물을 견디며 자란다. 파도에 휩쓸리지 않으려 바위에 꽉 붙어 버티다 보니, 껍데기는 얇고 물결무늬 같은 주름이 생긴다.

맛도 확연히 다르다. 양식 굴은 하루 종일 물속에 잠겨 빠르게 자라지만, 자연산 굴은 썰물 때면 공기 중에 드러나 아주 천천히 자란다. 느린 성장 속에서 맛은 더욱 진해진다. 갯벌에서 자란 자연산 굴의 풍미가 더 뛰어나다는 연구 결과도 있을 정도다.

〈사진: 자연산 굴〉

할머니들이 지켜온 겨울의 맛

대부분 인천 섬에서 자연산 굴이 자란다. 그중에서 자연산 굴이 유명한 섬으로는 자월도, 승봉도, 연평도, 소야도가 있다. 이 중에서도 소야도는 '덕적굴'의 진짜 고향으로 알려졌다. 덕적도와 자월도 사이에 있는 섬이지만 이곳에서 나오는 굴은 크기는 작아도 맛만큼은 누구도 따라올 수 없다고 한다.

소야도에서는 10월부터 3월까지 굴을 딴다. 아무 때나 딸 수 있는 건 아니다. 조수 간만의 차가 큰 사리때 물이 많이 빠지면 그때 바닷가로 나간다. 할머니들은 도구를 들고 바위에 붙은 굴을 하나하나 떼어낸다. 추운 겨울바람을 맞으며 시린 손을 호호 불면서 허리를 굽혀 굴을 따는 모습을 상상하면 마음 한편이 찡해진다.

예전에는 딴 굴을 배에 싣고 인천까지 나갔다고 한다. 인천에서 팔거나 수인선 협궤 열차1937년부터 1995년까지 수원과 인천을 오갔던 폭이 좁은 열차를 타고 경기도 안산, 야목, 고잔까지 가서 굴을 머리에 이고 다니며 쌀과 바꿨다 한다. 추운 겨울 무거운 굴 바구니를 이고 먼 길을 다녀야 했던 할머니들의 삶이 그려진다. 그때는 배와 기차를 타고 하루 종일 다녀야 했던 먼 길이었다. 지금 생각하면 얼마나 힘들었을까.

지금도 인천 시내 연안부두나 신포동 음식점에서 덕적굴을 찾는 사람들이 많다. 하지만 정작 소야도 자연산 굴은 구하기가 점점 어려워지고 있다. 굴을 따는 할머니들이 연세가 드셔서 작업이 힘들어졌고, 젊은 사람들은 이 일을 이어가지 않기 때문이다. 물이 많이 빠지는 사리 때만 작업이 가능한데 그마저도 눈이 침침해져 예전만큼 딸 수 없다고 한다. 주문해도 구하기 어려운 게 요즘 현실이다.

자월도에서 연평도까지, 겨울 굴 이야기

생굴을 처음 먹는 사람은 그 미끈한 식감에 놀랄 수도 있다. 하지만 간장 한 방울 떨어뜨려 한 입 먹으면 바다 전체가 입안에서 살아난다. 초고추장도 좋지만, 간장에 먹는 생굴의 감칠맛은 차원이 다르다. 만약 생굴이 부담스럽다면 굴전이나 굴 찌개로 먹어도 좋다. 익혀 먹으면 소화도 잘되고 따뜻하게 겨울을 날 수 있다. 지글지글 부쳐지는 굴전의 고소한 냄새만 맡아도 배가 고파진다.

자월도와 승봉도 굴도 맛있기로 이름났다. 겨울이면 자월도 아주머니가 커다란 대야에 굴을 가득 담아 머리에 이고 인천 시내를 돌아다니면서 판매하였다. 그때 먹었던 굴 맛을 아직도 잊을 수가 없다. 굴을 보면 그 아주머니 얼굴이 가끔 떠오른다.

승봉도에 낚시하러 가면 후배 어머니가 양푼에 굴을 담아 준다. 양푼 가득 담긴 싱싱한 생굴에 간장만 살짝 넣고 숟가락으로 떠먹으면 초고추장에 찍어 먹는 것보다 훨씬 더 깊은 맛이 난다.

며칠 전에는 연평도 굴도 먹어봤다. 소야도 굴보다 조금 더 큰 편이었는데, 맛은 정말 일품이었다. 그분들의 손길이 담긴 작은 굴에는 섬의 시간과 사람의 온기가 녹아 있다.

언젠가 소야도에 가보고 싶다. 썰물 때 드러나는 긴 바닷길을 걸어보고 바위에 달라붙은 자연산 굴도 보고 싶다. 그리고 할머니들이 평생 지켜온 그 작은 굴의 맛을 직접 느껴보고 싶다.

겨울 바다는 춥다. 그러나 그 안에는 이렇게 따뜻한 이야기들이 살아 숨 쉬고 있다. 소야도라는 이름만 들어도 왠지 가슴이 따뜻해지는 건 그곳에 사람의 온기가 남아 있기 때문일 것이다.

〈사진: 연평도 자연산 굴〉

섬 노트

굴은 섬사람들이 직접 주문을 받아 판매한다. 섬이 고향인 분께 연락하면 싱싱한 굴을 택배로 받아볼 수도 있다. 겨울이면 동인천이나 신포동, 연안부두 일대에도 굴전, 굴찌개, 생굴을 파는 곳이 많다. 대부분 자연산 굴이라 그 맛이 남다르다.

벌벌이묵,
겨울의 단백질

겨울 바다는 참 묘한 구석이 있다. 여름처럼 화려하지도 않고 봄처럼 설레지도 않지만, 왠지 더 진짜 바다 같다는 느낌이 든다. 회색빛 하늘 아래 출렁이는 파도를 보고 있으면 이곳에서 살았던 사람들의 이야기가 들려올 것만 같다.

인천공항 근처에 무의도라는 섬이 있다. 2003년 개봉한 동명의 영화 〈실미도〉가 무의도 옆에 있다. 요즘은 다리가 놓여서 차를 타고 갈 수 있게 됐지만, 예전에는 배를 타고 들어가야 했던 곳이다. 대무의도 옆에 소무의도가 있다. 소무의도는 대무의도 광명항에서 내려서 다리를 건너가야 한다. 겨울철 소무의도는 조용하다. 그 고요함 속에 섬사람들만의 특별한 음식 이야기가 숨어 있다.

엄마 손맛 같은 겨울 별미

박대라는 생선을 아는가? 이름부터 좀 서운하게 들린다. 넓적하고 길쭉한 몸에 눈마저 한쪽으로 쏠려 있다. 못생긴 탓에 문전박대를 당한다고 해서 붙여진 이름이라고 한다. 하지만 맛만큼은 절대 박대받을 생선이 아니다. 고소하고 담백해서 서해안 사람들이 즐겨 먹었던 생선이다.

그런데 재미있는 것은 우리 조상들이 이 박대를 먹고 남은 껍질을 이용하여 묵을 만들었다고 한다. 껍질까지 버리지 않았다는 점이다. 요즘 말로 하면 완벽한 제로웨이스트Zero Waste였던 셈이다. 박대 껍질을 모아서 푹 끓이면 껍질이 다 녹아 없어진다. 그걸 식히면 탱글탱글한 묵이 된다. 이름하여 '박대묵', 혹은 '벌벌이묵'이다. 왜 벌벌이냐고? 박대묵을 접시에 썰어놓으면 부들부들 떨기 때문이다. 그 모습이 꼭 추운 겨울날 벌벌 떠는 것 같다고 해서 붙은 이름이다. 듣고 보니 정말 귀엽지 않은가.

〈사진: 소무의도 벌벌이묵〉

벌벌이묵은 동물성 젤라틴이 풍부하며 콜라겐이 가득하다. 양념장에 무쳐 먹으면 쫄깃하면서도 시원한 맛이 일품이다. 비린내도 거의 없어서 생선을 별로 좋아하지 않는 사람도 잘 먹는다. 다만 한 가지 단점이 있다면, 상온에 오래 두면 녹아버린다는 것이다.

그래서 옛날 어머니들은 찬 곳에 보관했다가 저녁상에 올렸다. 겨울밤에 막걸리 한 사발과 함께 먹으면 그만이었다. 아버지는 술안주로 아이들은 밑반찬으로 먹었던 소박한 겨울 별미였다.

지금은 소무의도 해병호집 식당을 비롯한 무의도의 몇몇 음식점에서 겨울철에 판매하고 있다. 인천 연안부두 시장에 가면 박대 껍질도 살 수 있다. 아직도 음력 설날 전후에 섬에 사시는 어르신들이 박대묵을 직접 만들어 먹는다고 한다.

가난했지만 포기하지 않았던 사람들

무의도에는 또 다른 이야기가 있다. 함세덕이라는 작가가 쓴 희곡 〈무의도 기행〉의 배경이 바로 이곳이라 한다. 가난한 어촌 마을에서 두 아들을 바다에서 잃은 부모와 더 이상 바다로 나가고 싶지 않은 셋째 아들의 이야기다.

셋째 아들은 어부 대신 육지에서 기술을 배워 살고 싶어 한다. 하지만 당장 먹고살아야 하는 부모는 아들을 배에 태우려 한다. 결국 아들은 부모의 뜻을 거스르지 못하고 다시 바다로 나간다. 일제강점기 시절에 농사도 어업도 제대로 할 수 없었던 우리 백성들의 아픈 삶이 고스란히 담긴 작품이다. 희곡 속 무대는 강화도로 나온다. 하지만 실제로는 무의도를 가리킨다고 한다. 무의도에는 강화에서 건너온 사람들이 살고 있고, 조상의 묘가 강화에 있어 명절마다 성묘하러 강화를 찾는다. 두 섬은 그렇게 오래전부터 이어져 있었다.

겨울 섬으로 떠나는 여행

인천공항에서 무의도행 버스에 몸을 싣고 광명항에 내린다. 소무의도 다리를 천천히 건너, 벌벌이묵 한 접시와 막걸리 한 사발을 앞에 두고 겨울 바다를 바라보는 오후.

탱글탱글한 묵을 젓가락으로 집어 입에 넣으면 고소하고 시원한 맛이 입안 가득 퍼진다.

창밖으로는 겨울 바다가 보인다. 저 바다에서 박대를 잡았을 어부들, 생선을 손질하고 껍질까지 알뜰히 챙겼을 어머니들, 어쩔 수 없이 배를 탔을 젊은이. 그들의 삶이 이 작은 묵 한 점 속에 다 들어 있는 것만 같다.

겨울 섬은 외롭지 않다. 화려한 여름도 좋지만, 고요한 겨울의 정취도 나쁘지 않다. 오히려 더 많은 이야기를 품고 있다. 생각만 해도 가슴이 설렌다.

6 장봉도

지주식으로 키운
겨울 김

겨울 아침, 따뜻한 밥 위에 김 한 장을 올리면 구수하고 향긋한 내음이 은은하게 퍼져 온다. 바삭한 식감과 고소한 맛 뒤에는 사실 긴 이야기가 숨어 있다는 걸 아는 사람은 많지 않다. 특히 인천 앞바다 장봉도에서 자란 김에는 사람들의 땀이 고스란히 배어 있다.

김이라는 이름에는 재미있는 유래가 있다. 1470년경, 전남 광양만 태인도에 살던 김여익이라는 사람이 해변에 표류해온 참나무 가지에 김이 붙은 걸 보고 양식을 시작했다. 장터에서 '태인도 김 씨네 집에서 기른 것'이라고 팔다 보니 자연스럽게 '김'이 되었다는 이야기다. 광양에는 김 박물관이 있어 그의 발자취를 기억하고 있다.

약 150년 전, 완도의 정시원이라는 사람이 어살에 김이 붙는 것을 보고 떼발 방식을 고안해 냈다. 그물에 대나무 발을 수평으로 설치해 김을 기르는 수평 발양식이 오늘날 김 양식의 시작이었다.

〈사진: 장봉도 김 말뚝〉

갯벌이 키운 겨울 맛

장봉도는 한강 하구와 바다가 만나는 곳에 자리 잡고 있다. 민물과 바닷물이 섞이는 이곳은 예부터 황금어장으로 불렸다. 섬 주변을 둘러싼 갯벌에는 영양분이 가득해서 김이 자라기에 딱 좋은 환경이다. 적당한 수온과 빠른 물살 덕분에 병충해도 적은 편이다.

장봉도 김이 특별한 건 바로 '지주식' 방식으로 키운다는 점이다. 갯벌 양쪽에 긴 말뚝을 박고 그사이에 그물을 치면 밀물 때는 바닷물에 잠기고 썰물 때는 공기 중에 드러난다. 김이 하루에도 몇 번씩 물과 공기를 번갈아 만나면서 자연스럽게 튼튼해지는 것이다. 햇빛을 듬뿍 받아 광합성을 하고 바람에 말라가며 병충해에도 강해진다. 지주식은 오직 자연의 힘으로만 자란다. 장봉도에서 김을 키우는 박노희 씨의 말처럼 '하늘에 맡기는 방법'인 셈이다.

반면 깊은 바다에서 뜸을 달아 기르는 부유식 방식의 김은 계속 물속에 잠겨 있어서 사람이 일일이 김발을 뒤집어줘야 하고 손이 많이 간다.

장봉도 김 양식은 한여름 8월부터 시작된다. 먼저 그물을 구매해 바닷물에 담가 오염원을 깨끗이 씻어낸다. 그런 다음 그물에 김 포자를 입혀 냉동 보관한다. 옛날에는 굴 껍데기에 일일이 김 포자를 부착했지만, 수확량이 일정하지 않아 요즘은 냉동 방식을 쓴다고 한다.

갯벌에 말뚝을 박고 그물을 치는데 물이 들어오는 4시간 동안만 작업이 가능하다. 그물 사이사이에 대나무를 끼워 넣어 밀물 때 그물이 뜨고 썰물 때 갯벌에 닿지 않게 조절한다. 기둥만 세우면 무게를 못 이겨 넘어지기 때문이다.

 이렇게 정성껏 준비한 김발에서 김이 자라기 시작하면, 이제는 기다림의 시간이다. 날씨가 추워졌다 더워졌다 반복하면 수확량이 줄고 한강이 얼어 유빙이 떠내려오면 김 양식장이 파괴되기도 한다. 바다 수온이 오르는 요즘 같은 때는 김 농사가 더욱 힘들어진다.

겨울 바다가 주는 선물

 장봉도 김이 가장 맛있는 때는 1월에서 2월 사이다. 추운 겨울 바다에서 자란 김은 두께가 적당하고 색깔도 윤기가 난다. 지주식으로 키워 병충해에 강하고 김 본연의 맛과 향이 살아 있다. 인공적인 것 하나 없이 오직 갯벌과 파도, 햇살만으로 자란 김이다.

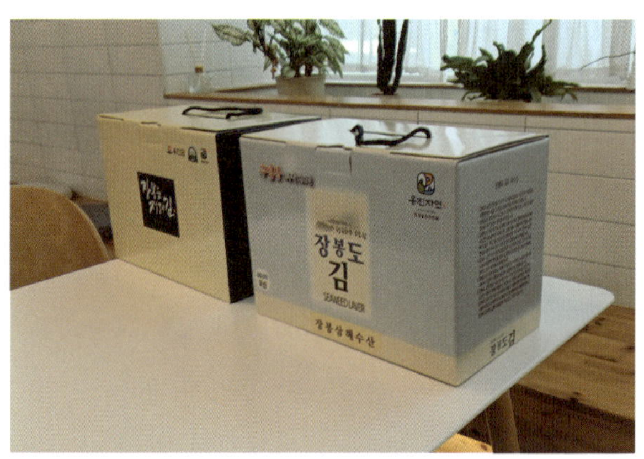

<사진: 장봉도 김>

옛날 우리 조상들은 정월대보름에 '복쌈'이라 해서 김에 밥을 싸 먹었다. 김에는 비타민이 풍부해 눈 건강에도 좋았기 때문이다. 황해도에서는 바지락과 김을 넣어 끓인 김국이 유명했고, 남쪽 지방에서는 생김을 국물 없이 살짝 데친 '김더끔'도 즐겨 먹었다 한다.

갯티길을 걸으며

겨울철 장봉도에 가면 바다에 김이 자라는 것을 볼 수 있다. 장봉도는 걷는 길도 유명하다. 인천관광공사가 개발한 갯티길이다. 갯티길은 물이 빠지면 육지가 되고 물이 들어오면 바다가 되는 독특한 길이다. 특히 4코스 장봉해안길은 동만도와 서만도를 보면서, 우리나라 최대 젓새우 어장인 만도리 어장, 수시도 어장을 볼 수 있다. 4코스 끝에 있는 가막머리 전망대에 서면 강화 주문도와 석모도가 한눈에 들어온다.

해안가를 따라 걷다 보면 갯벌에서 자란 김이 왜 특별한지 저절로 이해된다. 갯벌과 바다가 만나는 경계, 그 사이에서 김은 자란다. 사람도 마찬가지가 아닐까. 육지와 바다 사이, 물과 공기 사이를 오가며 우리도 조금씩 단단해지는지 모른다.

겨울 식탁 위 김 한 장에는 이렇게 긴 이야기가 담겨 있다. 장봉도의 겨울 바다, 그곳에서 하늘과 땅에 맡겨진 채 자란 김 한 장. 겨울에는 장봉도를 찾아가 직접 그 바다를 걸어보면 어떨까.

섬 노트

장봉도는 5억 년 전 변성암을 바탕으로 마그마 관입과 지각 변동을 거
쳐 지금의 모습을 갖춘 섬이다. 쪽쪽골 해안에는 물결처럼 휘어진 주
름 구조, 어긋난 단층, 소시지처럼 끊어진 부딘구조, 파도가 깎아낸 해
식동굴까지 다양한 지질 구조가 모여 있다. 여러 지질 경관을 한 해안
에서 만나기란 흔치 않은 만큼 천연기념물로 지정하면 좋을 것 같다.

겨울 바다의 보물,
홍합

인천 앞바다에는 섬들이 점점이 떠 있다. 그중에서도 백아도, 소청도, 대청도는 겨울이 되면 특별한 맛을 품는다. 바로 검은 껍데기를 가진 홍합 때문이다. 강원도 지방에서는 자연산 홍합을 '섭' 혹은 '섭조개'라고 하며 섭을 넣어 끓인 국을 '섭국'이라고 부른다.

처음 홍합을 본 사람이라면 의아할 것이다. 붉을 홍(紅)자를 쓰는데 왜 껍데기가 검을까. 옛날 사람들은 속살의 붉은빛을 보고 이름을 지었다고 한다. 200년도 더 된 옛 책『규합총서』에는 홍합을 '담채'라고 적어 놨다. 바다의 담백한 채소라는 뜻이다. 그래서 지금도 '담치'라는 이름으로 불린다.

우리가 시장에서 흔히 보는 홍합은 사실 자연산이 아니다. 양식으로 키운 진주담치라는 종류인데, 유럽에서 배를 타고 온 외래종이다. 진짜 토종 홍합인 자연산 참담치는 껍데기가 훨씬 두껍고 단단하며 크기가 무척 크다. 섬 주변 바위에 찰싹 달라붙어 거센 파도를 견디면서 자란다. 그래서 맛도 더 진하고 쫄깃하다.

<사진: 백아도 홍합 비빔밥>

백아도 민박집의 특별한 한 끼

백아도 발전소 마을에 가면 잊을 수 없는 음식을 맛볼 수 있다. 바로 홍합 비빔밥이다. 갓 딴 홍합을 넣고 밥을 지으면 밥알 하나하나에 바다 향이 배어든다. 여기에 3월 초 채취한 자연산 달래로 만든 간장을 넣고 쓱쓱 비빈다. 숟가락을 입에 넣는 순간, 바다와 땅이 한꺼번에 입안에서 어우러진다. 달래의 알싸함과 홍합의 담백한 맛이 어우러져 밥 한 그릇이 순식간에 바닥난다.

홍합 미역국도 빼놓을 수 없다. 5월이나 6월에 직접 딴 자연산 미역을 말려뒀다가 겨울 내내 꺼내 먹는다. 팔팔 끓는 미역국에 홍합을 넣으면 국물이 정말 시원하다. 숙취로 고생하는 날 이만한 해장국이 없다. 홍합을 미리 넣으면 질기다. 곁들여 나오는 반찬들도 특별하다. 우럭이나 노래미 같은 생선에 산에서 딴 엄나무 순 장아찌, 그리고 더덕으로 만든 국까지. 백아도에서만 맛볼 수 있는 진짜 밥상이다. 더덕 국은 백아도에서 처음 먹어봤다.

몇 해 전 늦가을에 여행자가 아들과 함께 백아도를 찾았다고 한다. 저녁에 아들과 소주 한잔 기울이며 이야기꽃을 피우고 있었다. 그때 주인아주머니가 작은 그릇 하나를 내밀었다. "이것도 한번 먹어봐요." 슬며시 내놓은 그것은 홍합장이었다. 꽃게장처럼 홍합을 간장에 재운 음식이다. 처음 먹어보는 맛이었다. 부드럽고 담백하면서도 깊은 맛이 입안에 오래 남았다. 그 여행자는 지금도 홍합을 먹을 때면 그날 밤 이야기를 떠올린다고 한다.

섬사람들의 손끝에서 시작되는 맛

소청도와 대청도에도 홍합이 많이 난다. 섬사람들은 홍합 철이 되면 바위에 붙은 홍합을 조심스럽게 따서 육지 사람들에게 껍데기째 혹은 정성껏 까서 홍합을 냉동해서 보내기도 한다. 받는 사람은 냉장고에 넣어뒀다가 국이나 찌개에 넣어 먹는다. 멀리 떨어진 육지에서도 섬의 맛을 느낄 수 있는 것이다.

그런데 이 홍합을 따는 일이 쉽지 않다. 보통 주민들의 공동 어장이라 함부로 들어갈 수 없고 설령 어촌계 허락을 받아도 직접 따기가 어렵다. 홍합은 바위에 단단히 붙어 있어서 떼어내기 어렵다. 섬사람들도 오랜 경험과 기술이 있어야 가능한 일이다. 그래서 더 귀한 것인지도 모른다. 이렇게 오래전부터 이어져 온 홍합 채취 문화를 국가 중요어업 유산으로 지정하면 어떨까 하는 의견도 있다. 국가 중요어업 유산이란 어업인들이 그 지역 환경에 적응하며 오랫동안 만들어온 방식과 지혜를 말한다. 백아도·소청도와 대청도 홍합 따는 일은 그만한 가치가 충분하다.

홍합만큼 아름다운 섬의 풍경

백아도는 먹거리만 특별한 게 아니다. 백아도에 가면 꼭 남봉에 올라가 보라고 추천한다. 최근에는 등산객이나 백패킹을 하는 사람들도 많이 찾는다. 정상에 서면 덕적군도의 섬들이 한눈에 들어온다. 다도해처럼 크고 작은 섬들이 바다 위에 점점이 박혀 있는 모습이 장관이다.

남봉은 인천 섬 중에서도 가장 아름다운 풍경을 자랑한다. 남봉에는 동백나무 숲이 있어서 3월이면 붉은 동백꽃이 핀다.

겨울 섬은 춥고 외로울 것 같지만, 막상 가보면 따뜻하다. 민박집 아주머니의 푸근한 웃음, 파도 소리를 들으며 먹는 홍합 비빔밥에 달래 간장, 더덕 국은 먹어봤는가. 동백꽃이 있는 겨울 섬을 특별하게 만든다.

언젠가 시간이 나면 백아도나 소청도에 가보는 건 어떨까. 검은 껍데기 속에 숨겨진 붉은 속살처럼 겨울 섬에도 특별한 이야기가 숨어 있다. 그 이야기를 직접 맛보고 느끼는 순간 당신도 그 섬의 일부가 된다.

〈사진: 홍합탕〉

  맛있는 인천 섬, 사계절의 식탁

〈사진: 백아도 남봉〉

짠지떡으로 버틴
겨울

서해 끝자락에 있는 백령도. 이곳 사람들은 추운 겨울이면 가족들이 둘러앉아 특별한 음식을 만들어 먹었다. 바로 '짠지떡'이다. 처음 이름을 들으면 고개를 갸우뚱하게 된다. 떡인지 만두인지 헷갈리는 이 음식은 백령도만의 독특한 겨울 별미다.

'짠지'라는 말, 들어본 적 있나? 황해도와 함경도 지역에서 김치를 부르던 옛 이름이다. 우리가 매일 먹는 그 김치말이다. 배추김치, 무김치, 오이김치까지 모두 짠지였던 셈이다.

김치는 원래 '딤치'라고 불렀다가 '짐치'를 거쳐 지금의 김치가 됐다고 한다. 지역마다 김치를 부르는 이름이 달랐던 거다. 백령도 사람들은 황해도와 가까워서 자연스럽게 '짠지'라는 말을 썼다.

<사진: 짠지떡 만들기> 사진 제공: 김금미

떡과 만두 사이 어딘가

짠지떡을 만드는 방법은 간단하면서도 정성이 들어간다. 먼저 묵은
배추김치를 잘게 썬다. 여기에 백령도 앞바다에서 건져 올린 싱싱한 굴
이나 홍합을 넉넉히 넣는다. 만두소를 만드는 것처럼 말이다.

그런데 여기서부터 만두와 달라진다. 밀가루에 찹쌀가루나 메밀가루
를 7 대 3 비율로 섞어 반죽을 한다. 백령도는 메밀이 풍부하게 생산되
어 냉면도 만들고 다양한 음식 재료로도 활용해 왔다. 밀가루에 찹쌀가
루나 메밀가루를 넣은 반죽으로 김치와 해산물을 꼭꼭 눌러 담아 한입

크기로 빚는다. 만두처럼 가장자리를 예쁘게 주름잡지 않고 그냥 동그랗게 뭉쳐서 만든다.

끓는 물에 넣고 약 10분간 삶아낸다. 다 익으면 건져서 고소한 참기름을 듬뿍 발라준다. 이게 끝이다. 보기엔 수수하지만 한입 베어 물면 이야기가 달라진다.

황해도에서 건너온 음식 문화

짠지떡은 묵은 김치의 물기를 꼭 짠 뒤, 굴이나 홍합을 함께 넣고 10분 정도 삶는다. 만두가 쪄서 익히는 것과 다르게 짠지떡은 끓는 물에 삶는 것이 특징이다. 덕분에 김치 특유의 아삭한 식감과 새콤한 맛이 그대로 살아있어 색다른 맛을 즐길 수 있다.

한입 베어 물면 김치의 시원하고 톡 쏘는 맛이 먼저 입안에 퍼진다. 이어서 겨울 바다의 기운을 머금은 굴과 홍합의 깊은 맛이 느껴진다. 마지막으로 참기름의 고소함이 입안을 감싼다. 세 가지 맛이 따로 놀지 않고 하나로 어우러지는 게 신기하다.

김치 특유의 시큼한 맛 때문에 호불호가 갈릴 수도 있다. 하지만, 이 맛을 좋아하는 사람들은 그 맛 때문에 짠지떡을 기다린다고 한다.

백령도에 짠지떡이 자리 잡게 된 데는 역사적 배경이 있다. 해방 전만 해도 백령도 사람들은 배를 타고 황해도 장연읍의 오일장을 드나들었다. 생활용품을 사고팔러 가는 길이었다.

〈사진: 짠지떡〉

황해도는 넓은 평야 덕분에 농사가 잘됐고, 먹을거리가 풍부한 고장이었다. 사람들도 넉넉하고 인심이 좋았다. 손님이 오면 떡을 빚어 대접하는 게 당연한 풍습이었다.

그런데 해방 이후 나라가 둘로 갈라지면서 황해도와의 왕래가 끊겼다. 백령도 사람들은 이제 옹진 쪽으로 장을 다니게 됐다. 하지만 이미 오랜 시간 함께 나눠 먹던 음식 문화는 백령도에 뿌리내렸다. 짠지떡도 그렇게 백령도만의 음식으로 남게 됐다.

짠지떡은 백령도 사람들에게 익숙한 겨울 음식이었지만 육지에서는 생소한 음식이었다. 그러다 백령도 출신 주민들이 인천에 정착하면서 조금씩 알려지기 시작했고, 이후 식당에서도 판매되면서 점차 육지 사람들에게도 퍼져나가게 되었다.

섬으로 떠나는 겨울 여행

짠지떡을 직접 맛보고 싶다면 백령도로 떠나보는 건 어떨까. 인천에서 배를 타면 갈 수 있다. 인천 시민은 일반석 기준 편도 1,500원에 백령도에 갈 수 있고, 다른 지역 사람들은 평일에 70% 할인하여 일반석 경우는 22,500원 정도이다.

백령도에는 짠지떡 말고, 냉면도 유명하다. 그리고 기암절벽이 장관인 두무진, 동그란 자갈이 가득한 콩돌해안, 효녀 심청의 설화가 있는 심청각이 있다. 천연비행장과 국가지질공원도 놓칠 수 없다. 다만 1월에는 배가 자주 결항 된다. 날씨를 확인하고 떠나야 한다.

추운 겨울날, 김이 모락모락 나는 짠지떡 하나를 입에 넣는 상상을 해본다. 김치의 새콤한 맛과 바다 내음, 가득한 굴과 홍합의 맛이 한꺼번에 밀려온다. 참기름의 고소함이 뒤따르고.

황해도 음식에서 시작하여 백령도만의 특별한 음식. 겨울 바다가 빚어낸 이 음식 하나에도 섬사람들의 삶과 역사가 고스란히 담겨 있다.

섬 노트

겨울이 되면 인천 시내에 백령도 사람들이 운영하는 식당에서 판매한
다. 제물포 스마트타운 근처 냉면집에서는 메밀 칼국수와 함께 빈대
떡, 짠지떡을 내놓는다. 겨울철 별미로 인기가 좋다.

호박김치와
겨울나기

초겨울이 되면 전국 곳곳에서 김장 담그는 풍경이 펼쳐진다. 이웃끼리 김치를 나눠 먹는 모습도 여전히 정겹다. 그런데 바다 건너 섬에서는 어떤 김장을 할까? 오늘은 인천 백령도에서만 맛볼 수 있는 특별한 김치 이야기를 해보려 한다.

백령도는 황해도와 아주 가까운 섬이다. 맑은 날이면 황해도 땅이 손에 잡힐 듯 보인다고 한다. 옛날 백령도 사람들은 황해도와 교류하였다. 1910년에는 백령도 고봉포에서 황해도 장연군 덕동포까지 가는 배가 다녔고, 1926년에는 대청도와 백령도를 거쳐 덕동포로 가는 배가 격일로 운행되기도 했다. 1933년에 다시 30톤짜리 두 척이 운항을 시작했다. 1938년에는 장연군 출신 사람이 배를 인수해서 해방 전까지 꾸준히 운항했다.

이렇게 백령도와 황해도는 오랫동안 가까이 지냈다. 사람들이 오가고 물건이 오가면서 자연스럽게 음식 문화도 함께 나눴다. 백령도 호박

김치는 바로 그렇게 탄생한 음식이다. 황해도 음식 문화가 백령도 환경
과 만나 새롭게 태어난 것이다.

〈사진: 백령도 호박김치〉 사진 제공: 김금미

겨울 바다가 선물한 김치

1958년 경향신문에는 백령도 호박김치 만드는 법이 자세하게 실렸
다. 방법은 이렇다. 배추를 소금에 절여 씻은 다음 먹기 좋게 썬다. 호
박은 껍질을 벗기고 7cm 두께로 잘라 소금에 절인다. 초피나무는 줄기
만 떼어내고 산초는 그대로 쓴다. 까나리젓 한 사발에 갖은양념을 넣고

배추와 호박을 골고루 버무려 항아리에 담으면 된다.

완성된 호박김치는 배추와 호박을 함께 꺼내 돼지등뼈와 된장을 넣고 찌개로 끓여 먹는다. 추운 겨울에 뜨끈한 찌개 한 그릇이면 온몸이 절로 따뜻해진다. 일반 김치와 달리 호박이 들어가 국물이 달착지근하고 구수하며 깊은 맛이 난다.

정확히 언제부터인지는 알 수 없지만, 백령도에서는 호박김치에 삼세기 알을 넣어 끓여 먹는 것이 전통처럼 자리 잡았다고 한다. 백령도 장촌이 고향인 김금미 씨는 어릴 적 부모님이 담가주신 호박김치를 먹으며 자랐다. 김장할 때 담가둔 호박김치를 겨울부터 봄까지 찌개로 끓여 먹었다고 한다. 추운 겨울에 먹는 뜨끈한 국물 맛이 일품이었다고 그녀는 회상했다.

특히 기억에 남는 건 삼세기 알이 입안에서 톡톡 터지는 순간이다. 숟가락으로 떠 올린 찌개 한 입을 입에 넣으면, 작고 투명한 알들이 이 사이에서 팡팡 터진다. 마치 작은 불꽃놀이가 입안에서 벌어지는 것 같다.

그 순간 바다 내음이 확 퍼지면서 신선함이 온 입안을 채운다. 거기에 산초를 한 입 씹으면 혀끝이 찌릿하면서 저릿저릿한 감각이 온다. 얼얼하면서도 상쾌한 그 느낌. 마치 입안에서 작은 전율이 일어나는 그것처럼 독특한 자극이다. 이 맛이 국물의 구수함, 호박의 달콤함과 어우러지면 세상 어디에도 없는 맛이 완성된다. 지금도 겨울이면 꼭 찾게 되는 이유다.

<사진: 삼세기 알과 산초 열매> 사진 제공: 김형진

지금은 인천에 사는 그녀지만 백령도에 사는 친척들이 보내주는 호박김치로 겨울을 난다. 온 가족이 둘러앉아 호박김치 찌개를 먹는 시간이 행복하다고 했다. 특히 그녀의 집안에서는 산초와 삼세기를 많이 넣어 끓이는 게 전통이란다. 산초 특유의 얼얼한 맛과 삼세기 알이 톡 터지는 식감을 좋아하는 집안사람들 덕분이다.

산초는 추석 무렵 까맣게 익은 열매를 소금에 절여 보관했다가 김장 때 사용한다. 삼세기는 백령도와 소청도에서 10월쯤 잡히는데 이때 알을 분리해서 저장했다가 호박김치 찌개에 넣는다. 산초를 많이 넣으면 혀가 얼얼하게 마비되는 느낌이 강해지고, 삼세기 알을 듬뿍 넣으면 한 입 먹을 때마다 톡톡 터지는 재미가 배가된다. 이 독특한 맛을 좋아하지 않는 사람들은 적게 넣기도 한다고 했다.

겨울 백령도 바닷가를 상상해 본다. 눈 내리는 겨울에 가족들이 둘러앉아 호박김치 찌개를 후후 불어가며 먹는 풍경. 백령도 호박김치 한 그릇에는 이 모든 이야기가 담겨 있다. 바다를 건너온 맛이며 계절을 담은 맛, 그리고 사람들의 정성이 만든 맛이다.

언젠가 백령도에 가게 된다면 꼭 한번 맛보고 싶은 겨울 별미다. 뜨거운 국물 한 숟가락에 톡 터지는 알과 얼얼한 산초 한 입이 만들어내는 그 특별한 순간을 경험하고 싶다.

섬 노트

백령도 김치 이야기를 하다 보면 황해도 음식도 빼놓을 수 없다. 황해도에서는 고수 미나리과 한해살이풀로 특유의 강한 향이 난다 를 많이 심었다. 북한에서 넘어온 사람들이 많이 정착한 강화도에서는 지금도 일부 음식점에서 생선회를 시키면 고수가 함께 나온다. 황해도 음식 중에는 고수 김치와 분디 산초나무의 열매나 껍질을 부르는 지방 방언, 즉 산초장아찌가 유명했다.

PART 6
섬으로
떠나는 법

"항구에 머물 때 배는 가장 안전하지만,
그것은 배가 만들어진 이유가 아니다."
– 존 A. 세드

1

인천 섬
옹진군 지도

이 책에 소개된 인천 섬 옹진군 지도이다. 섬의 거리와 면적은 실제
와 다를 수 있다.

2

인천 섬
교통 가이드

1) 백령 항로(서해 최북단)

행선지: 소청도, 대청도, 백령도

주요 선박: 코리아프라이드, 코리아프린스(고려고속훼리)

소요 시간: 약 3시간 40분 ~ 4시간

쾌속선 편도 운임은 78,700원에서 132,700원이다. 인천 시민은 일반석 기준 편도 1,500원이고, 타 시도 거주자는 주중 1박 2일 이상 방문 시 70% 할인된 22,500원 정도이다. 주말과 공휴일은 할인 적용이 되지 않는다. 뱃멀미가 걱정된다면 요금이 조금 비싼 프리미엄석이나 비즈니스석을 선택하는 것이 좋다. 주말과 공휴일에는 예약해야 한다. 차량 선적은 안 된다. 백령도에서는 시내버스와 렌터카를 이용할 수 있다. 백령도에서 하루 2회 대청도, 소청도를 운항하는 차도선이 있어 연계 관광이 가능하다.

2) 연평 항로

행선지: 소연평도, 대연평도

주요 선박: 코리아피스(고려고속훼리)

소요 시간: 약 2시간

1일 2회 운항한다. 차량 선적은 안 되고, 물때(조석 간만)에 따라 월별 출항시간이 다르다.

3) 덕적 항로

행선지: 덕적도, 소야도

주요 선박: 코리아나호(케이에스해운), 코리아익스프레스(차도선), 대부 고속페리9호(차도선)

소요 시간: 쾌속선 약 1시간 10분, 차도선 약 1시간 50분

1일 2회 운항한다. 코리아익스프레스(차도선), 대부고속페리9호은 차 량 선적이 가능하다. 진촌, 밧지름, 서포리에 전기차 충전소가 있다. 덕적도에서는 시내버스와 렌트카 이용이 가능하다.

4) 이작 · 자월 항로

행선지: 자월도, 승봉도, 대이작도, 소이작도

주요 선박: 코리아피스, 대부고속페리(차도선)

소요 시간: 약 1시간 20분 ~ 2시간

1일 2회 운항한다. 대부고속페리는 차량 선적이 가능하다.

5) 해누리호(인천 ↔ 덕적 외곽 5개 섬 직항) 인천항에서 출발하여 문갑도, 지도, 울도, 백아도, 굴업도를 순회한다.

출발 지점: 인천항 연안여객터미널

출항 시간: 오전 9:00(하루 1회 왕복)

특징: 차량 선적이 가능하나 섬 주민들만 가능하다.

운항 경로는 날짜(홀수/짝수일)에 따라 섬을 도는 순서가 다르다.

짝수일: 인천 → 문갑도 → 굴업도 → 백아도 → 울도 → 지도 → 문갑도 → 인천

소요 시간: 약 3시간~4시간(왕복)

굴업도에 가려면 짝수 날 가야 빨리 간다. 2026년 3월 현재, 배안에 매점이 없어 간식 준비가 필요하다.

*덕적도 출발(나래호): 인천에서 덕적도까지 간 후, 덕적도에서 '나래호'로 갈아타고 가야 한다.

행선지: 문갑도, 굴업도, 백아도, 지도, 울도

참고: 2026년 상반기까지 운항 예정이다.

6) 풍도 · 육도 항로

행선지: 대부도 방아머리, 풍도, 육도

주요 선박: 서해누리호(보통 1일 1회 운항)

위치: 인천광역시 중구 항동7가 88(연안부두로 70), https://www.icpa.or.kr/icferry/index.do

 맛있는 인천 섬, 사계절의 식탁

문의처: 1599-5985

대부도 방아머리 출발

전 노선 차량 선적이 가능하다.

1) 덕적도 · 자월도 노선(대부고속페리3호)

운행 경로: 대부도(방아머리) → 자월도 → 소야도 → 덕적도

소요 시간: 자월도(약 1시간), 덕적도(약 1시간 40분~2시간)

2) 승봉도 · 이작도 노선(대부고속페리9호/대부아일랜드호)

운행 경로: 대부도(방아머리) → 승봉도 → 대이작도 → 소이작도

소요 시간: 약 1시간 20분 ~ 2시간(섬 순서에 따라 차이 발생)

3) 풍도 · 육도 노선(서해누리호)

운행 경로: 인천 → 대부도(방아머리) → 풍도 → 육도

선착장 위치: 경기도 안산시 단원구 대부황금로 1567-3(방아머리 선착장)

운항 문의(대부해운): 032-886-7813~4, http://www.daebuhw.com/

영종도 삼목선착장 출발

차량 선적이 가능하다.

1) 신도(신 · 시 · 모도): 약 10분 소요

신도, 시도, 모도 세 섬이 다리로 연결되어 있어 '신도'에 내리면 세 섬

을 모두 볼 수 있다. 신도에 전기차 충전소가 있다.

영종도에서 다리 공사 중으로 2026년 5월 개통 예정이다.

2) 장봉도: 약 40분 소요

출발 시간: 매시 10분 단위로 운항(예: 07:10, 08:10 … 18:10)

운항 횟수: 하루 약 12~13회 왕복, 막배 시간: 보통 오후 6시~7시

주소: 인천 중구 영종해안북로 847번길 55(운서동)

문의: 세종해운(032-751-2211), 한림해운(032-746-8020)

강화 후포항 선수포구 출발

차량 선적이 가능하다.

선수선착장에서는 삼보12호와 삼보6호가 두 가지 경로로 운항

노선 A(삼보12호): 선수 → 볼음도 → 아차도 → 주문도(느리 선착장)

노선 B(삼보6호): 선수 → 주문도(살곶이 선착장)

물때(조석 간만)에 따라 시간이 매일 조금씩 변동된다.

출발: 1항차 09:00 볼음도, 아차도, 주문도(느리)

2항차 10:30 주문도(살곶이) 전용(상황에 따라 볼음/아차 경유)

3항차 15:40 볼음도, 아차도, 주문도(느리)

소요 시간: 볼음도(약 50분~1시간), 주문도(약 1시간 20분)

여객 운임: 성인 기준 편도 약 7,000원~8,000원대(터미널 이용료 포함)

차량 선적이 가능하다. 차종에 따라 편도 약 18,000원~40,000원 수준

※ 기상 여건에 따라 선박 운행은 변동이 있다.

※ 특히 봄철 3월 중순~4월 중순, 7월 중순~8월 초 바다 안개로 결항이 많다. 북풍 등으로 소청도, 대청도, 백령도 1월 달은 결항률이 높다.

※ 차도선: 차량을 그대로 적재·운송할 수 있는 선박을 말한다. 해양수산부는 전기차를 배에 실을 땐 배터리 충전 상태를 50% 미만으로 제한하도록 권고하고 있다.

※ 인천 시민 전 구간 편도 1,500원, 기타 지역 주민은 주중 1박 경우, 할인 70% 정도(예산 범위에서 지원), 다만 차량 선적 지원은 제외

※ 덕적도, 백령도 경우는 렌터카 이용이 가능하다.

자동차, 버스로 가는 섬

대무의도, 소무의도	동인천역 6번 버스 동인천역 북광장 306번 인천국제공항(3층 GATE 7) → 222, 111, 306번 버스 중구 공영버스 6–1번, 동인천역(우리은행 앞) 출발	
영흥도, 선재도	인천시내 790번(직행 좌석버스) 지하철 4호선이나 수인분당선(오이도역 2번 출구 앞 정류장 이용) 790번으로 환승 영흥도 버스터미널: 해수욕장(십리포, 장경리 등)으로 가는 공영버스(마을버스)	주말에 정체가 심하다.
강화 석모도	강화터미널 ↔ 석모도(지선버스) 31번 시리즈(31A, 31B 등) 경로: 강화터미널–외포리–석모대교–보문사–민머루 해수욕장–석모도 수목원 38번 시리즈(38A, 38B 등) 경로: 강화터미널–외포리–석모대교–석포리선착장(구)–상주리 특징: 석모도의 북쪽이나 옛 선착장 인근 마을	서울: 3000번 (직행): 신촌역, 합정역, 염창역–강화터미널 G6005번: 당산역–강화터미널 인천 800번: 인천터미널, 시민공원역–강화터미널 (급행) 70번: 청라, 검단신도시–강화터미널 90번: 부평역, 작전역–강화터미널
신도, 시도	공사 중, 2026년 5월 개통 예정	

3

해양·바다·레저 관련 인기 모바일 앱

해양·바다·레저 관련 앱(한국 Google Play 기준)

구분	mobile app
여객선 예매	pc: https://island.theksa.co.kr/ mobile app: 플레이스토어, 애플 앱스토어 한국해운조합 '여객선 예매–가보고 싶은 섬'(비회원도 예매 가능)
물때, 조석 예보, 바다 날씨	바다타임2.0 - 물때, 조석예보, 바다날씨, 바디 Interbird Co., Ltd 4.8 ★

해도, 내비게이션	
	바다내비(e-Navigation) - 해도.내비게이션 해양수산부 3.1 ★
해상 교통안전	해양교통안전정보 한국해양교통안전공단 4.7 ★
자신 위치 확인 전자해도 기반 해상 내비, 소형선 · 레저 보트용	해로드 해양수산부 4.4 ★

승선 정보 낚시 출항 신고, 해양 안전 · 기상 정보 제공	  낚시해(海) 승선자용 해양수산부 3.8 ★
물반고기반 – 국내 최초 바다 · 민물낚시 실시간 예약, 전국 항구 · 포인트 정보	**물반고기반 – 국내최초 바다/민물낚시 약 앱** ICE&V Corp. 광고 포함 바다 낚시 민물 낚시 실시간 낚시 예약 전국 낚시 포인트 정보 7,50C 황/조행기 등 낚시 통합 커뮤니티 제공  3.3 ★ 100만+ ③ 리뷰 5.64천개 다운로드 3세 이상 ⓘ 설치

참고문헌

강건희, 홍어의 세계적 분포와 기능성, 여수대학교 산업대학원 석사학위 논문, 2003.

경기도사편찬위원회, 경기도사, 제6권, 2004.

고은영 외, 우리나라 숭어과 어류의 어명 및 자원 활동에 대한 고찰, 한국해양생명과학회지, 4, (2), 2019.

곡성군청, 당신에게 들려주고 싶은 곡성이야기, 2018.

공달용 외, 옹진군 장봉도의 지질특성: 지질유산가치와보존 · 관리방안, 한국도서연구, 제37권 제2호, 153~175, 2025.

국립산림과학원, 고사리 산지 재배 기술 연구, 2013.

국립중앙박물관, 서해 도서 조사 보고, 1957.

국립해양조사원.

국토연구원, 평화 벨트 구축을 위한 서해 남북 접경지역 이용 방안, 2004.

기상청, 1959년 사라호 태풍 경로.

김계환 · 박종민, 향료자원 조성을 위한 순비기나무의 증식에 관한 연구, 임산에너지, 23, (1), p.26-37, 2004.

김광현, 덕적도사, 1985.

김보영, 한국전쟁 휴전회담시 해상 분계선 협상과 서해 북방한계선(NLL), 사학연구, 제106호, 2012.

김연수, 김양식 기술 발달 과정의 한 · 일 비교, 한국도서연구, 제29권 제2호, 2017.

김용구, 당신이 몰랐던 인천 섬 이야기, 명문미디어, 2016.

김용구, 맛있는 인천 섬 이야기, 광창문화사, 2023.

김용이 외, 서해 백령도 연안의 해조상 및 군집구조, 한국해양바이오학회, Vol.14, No.2, 2022.

김윤아, 국산 양식 홍합 함유 식빵의 제조 및 특성, 경남대학교 대학원 석사학위 논문, 2016.

김정률 · 김태숙, 인천시 옹진군 소청도에 분포한 섬캄브라이언의 지층에서 산출된 스트로마톨라이트와 지질학적 중요성, Jour Korea Earth Science Society, Vol.20, No.1, 1999.

김종길, 보물선 고승호 발굴신청, 해양한국, 2001.

김준, 젓새우잡이의 역사와 어로문화도서문화 제31집, 2008.

나무위키

남북교류협력지원협회, 2016.

내무부, 도서지, 1972.

대청면지, 대청면 지명편찬위원회, 1999.

덕적도, 국립해양문화재연구소, 2022.

도상학, 백아도 약용식물 분포조사, 생약학회지, 1970.

디지털 군산 문화 대전.

문화재청.

박광순 · 김승, 우리나라 젓새우잡이 어업의 발전 · 현황 · 과제, 한국도서연구 10편, 1999.

박재권, 연평도 꽃게 산업 활성화 방안 연구, 인하대학교 경영대학원, 석사학위논문, 2013.

박종오, 젓새우잡이 어법의 변화, 남도민속연구, 제18집, 2009.

박종오, 홍어잡이 방식의 변천과 조업 유지를 위한 제문제, 한국학연구, 2008.

박준모, 어획 방법 변천에 따른 조기 어장의 이동에 관한 연구, 한국농업사학회, 2012.

박천영 외, 대청도 옥죽동 해안사구의 지형특징 및 발달과정에 관한 고찰, 한국지형학회지, 제
        16권, 제1호, 2009.

북한지역정보넷, http://www.cybernk.net.

서울대학교, 백령,대청,연평,소청 학술조사 보고, 1958.

서해수산연구소, 2014년도 서해 꽃게 봄어기 어황전망, 2014.

민족문화대백과사전.

바다의 모든 것, ㈜아이뉴턴, 2021.

박광순 · 김승, 우리나라 젓새우잡이 어업의 발전 · 현황 · 과제, 한국도서연구 10편, 1999.

박경일, Country report from South Korea, 水研機構研報(Bulletin of Fisheries Research
        Agency), 제42호, 2016.

박애전, 삼세기의 번식 생태 및 초기 발육, 전남대학교 대학원 박사학위논문, 2006.

배수환, 우리나라 김양식업의 발상과 발달과정: 조선왕조말엽까지의 김양식사,한국수산과학회
        지, Vol.24, No.3, 1991.

사)북한전통음식문화연구원, 북한 전통음식 조사 · 발굴 사업, 2012.

서종원, 조기잡이 어업기술의 변화양상 고찰–그물 어업을 중심으로–, 도서문화 제34집, 2009.

서해수산연구소, 서해꽃게 어황 전망, 2013.

세계은행(World Bank), 2023년 글로벌 해조류 시장 보고서. https://www.ibric.org/,
        2023.10.

송흥선, 아름다운 섬 풀꽃 나무이야기, 풀꽃나무, 2002.

수산청, 수산통계연보, 1964.

수산청, 수산통계연보, 1970.

수산통계포털, http://www.fips.go.kr

안영희, 한국의 동백나무, 김영사, 2013.

안재철, 한선의 구조와 변천, 목포대학교 석사학위 논문, 2000.

어업in 수산, 2022.06.02.

연세대학교 사회발전연구소, 효녀심청의 역사적 국문학적 고증, 2000.

오병훈, 해풍에 피는 정열의 꽃, 자생식물, Vol.24, 1992.

오정규, 한국 서해안, 홍합의 분포특성과 어획량 변동, KOREA JOURNAL OF ICHTHYOLOGY, Vol.26, No.4, 2014.

옹진군, 옹진군지, 1989.

월간 샘터, 1990.9.

유미림, 초대 울도 군수 배계주의 행적에 대한 고찰, 한국동양정치사상사연구, 제17권, 2호, 2018.

유혜수 · 최지은, 해당화꽃 추출물의 화장품소재로서 약리활성에 관한 연구, Korean journal of acupuncture, v.31 No.4, 2014.

윤병일, 우리나라 서해중부산 홍어 자원 생물학적 연구, 전남대학교 박사학위논문, 2022.

윤영성 외, 전남 고흥 양식 다시마의 양적형질에 대한 통계적 분석, 현장농업연구지, Vol.22, No.2, 2020.

윤형숙, 강화도 젓새우잡이 어업의 발달과 변화, 도서문화 제34집, 2009.

윤형숙, 지구화, 지역토속 음식의 생산과 소비, 도서문화 제32집, 2008.

윤호성 외, 동해안 블루카본 자원의 가치와 활용방안, 생명과학회지 제32권 제7호, 2022.

이광재, 김성문, 어수리 (Heracleum moellendorffii) 추출물의 생리활성 검정, 강원 농업생명 환경연구, Vol.24 No.3, 2012.

이상태, 울도군 초대 군수 배계주에 관한 연구, 영토해양연구, Vol.11, 2016.

이양숙, 연평도근해의 조기어업, 錄友硏究論集9, 이화여자대학교 사회과학과, 1967.

이영만 외, 한국수산과학지 2012.

이웅규 외, 울릉도와 독도 식재료를 활용한 음식관광 활성화 방안, 한국도서연구, 제31권, 제3호, 2019.

이은일 · 장태수, 황해 동부 연안의 홀로세 해수면 변화:대리기록과 관측자료를 통한 재검토, J.

Korean Earth Sci. Soc., v.36, No.6, p.520-532, 2015.

이찬호 외, 농축단호박 분말을 대체한 하드롤 빵의 품질 특성, 한국식품영양과학회지, 37(7), 2008.

이창우, 발굴된 보물선의 소유권과 관련한 법제에 관한 연구, 한국항해항만학회지, Vol.26, No.6, pp.511-516, 2002.

이희환, 만인의 섬 굴업도, 작가들, 2012.

인천광역시, 2019년 강화해역 젓새우 자원량조사를 위한 연구어업 결과보고, 인천광역시, 2019.

인천광역시 · 국립민속박물관, 조기의 섬에서 꽃게의 섬으로 연평도, 2019.

인천광역시시사편찬위원회, 인천광역시사, 인천의 섬과 역사문화, 2017.

인천연구원, 평화도시 인천 비전 및 전략 연구, 2019.

자원보호중앙협회, 자연실태종합조사보고서 제1편, 1982.

장명훈 외, 황해 동부해역 참홍어의 지리적 분포특성과 어획량 변동, 한국어류학회지, Vol.26, No.4, pp.295-302, 2014.

장수정, 한국의 기수해파리목과 근구해파리목의 다양성 연구, 부경대학교 박사학위논문, 2018.

전북대학교, 순비기나무의 향료자원 개발, 2002.

정문기, 조선석수어고, 1939.

정문기, 조선어도보, 일지사, 1977.

조선왕조실록(정조 37권), 1793.

주은영 · 이양숙 · 김남우, 순비기나무 줄기 추출물의 폴리페놀 함량과 생리활성, 한국식품영양과학회지, V.36, No.7, pp.813-818, 2007.

중앙수산시험장, 한국수산물어획고표, 1956.

진영규, 한반도 동백나무분포대에 대한 식물사회학연구, 창원대학교 박사학위논문, 2003.

차은석, 홍어의 발효기간과 조리기간에 따른 품질 특성연구, 세종대대학원 석사논문, 2004.

최가미 외, 다시마 추출물의 항산화와 염증 조절 효과, 한국식생활문화학회지, 37(5), 2022.

최문희 외, 동백나무잎 추출물의 여드름 피부 개선 효과, 대한피부미용학회지, Vol.10 No.3, 2012.

최영준, 국토와 민족생활사, 한길사, 1997.

최운식, 심청전 관련 설화의 전승 양상과 성격, 교육행정, Vol.23, No.4, 2007.

프로프, 구전문학과 현실, 교문사, 1994.

한국문화원연합회, 우리나라'바지락 1호 면허어장'이 있는 옹진군 선재도, https://ncms.

nculture.org/.

한국민속대백과사전.

한국수산지, 한국수산지 제1권, 1910.

한국학중앙연구원.

해양수산부, 2021.9.9.

허철호, 소연평도의 지질 및 지형경관, 한국사진지리학회지, 제22권, 제3호, 2012.

홍태한, 조기, 명태, 숭어의 민속학, 어문학교육 제47집, 2013.

황가영 외, 자연 및 인문 자원을 활용한 풍도 발전 연구, 한국도서연구, 제32권, 제2호, 2020.

인터넷

한국수산경제, http://t633.ndsoftnews.com/news/articleView.html?idxno=87427, 2024.8.12.

해당화 추출물을 포함하는 음료의 제조 방법, https://patents.google.com/patent/KR101928430B1/ko.

해당화의 효능, https://cafe.daum.net/daum1000/1XIP/13284.

해양환경포털, 물때란, https://www.meis.go.kr/mes/mudFlat/learn/view5.do.

시니어 매일 http://www.seniormaeil.com.

DucDat Le, Analysis of Antioxidant Phytochemicals and Anti-Inflammatory Effect from Vitex rotundifolia L.f, https://doi.org/10.3390/antiox11030454, 2022.

http://www.scotese.com/sitemap.htm.

https://vividmaps.com/wp-content/uploads/2017/05/East-Asia-1024x810.jpg.

https://www.kamadostories.com/.

Rugosa Rose, https://www.maine.gov/dacf/mnap/features/invasive_plants/rosa_rugosa.htm.

Yuan Hu, Association between chemical and genetic variation of Vitex rotundifolia populations from different locations in China: Its implication for quality control of medical plants, 2007.

https://www.notpla.com/.

https://www.medipharmhealth.co.kr/mobile/article.html?no=61574

신문방송

뉴스천지 2014.5.19.

부산일보 1939.12.29.

동아일보 1923.8.16.

동아일보 1937.8.27.

동아일보 1939.6.9.

동아일보 1962.8.18.

동아일보 1935.2.24.

동아일보 1970.3.17.

동아일보 1988.11.26.

매일경제 1972.3.13.

매일경제 1981.1.13.

매일신보 1925.8.1.

매일신보 1931.9.16.

매일신보 1933.11.8.

MBC뉴스 2003.10.24.

한겨레신문 1992.3.20.

경향신문 1987.7.1.

경향신문 1958.11.12.

경향신문 1969.3.22.

매일경제 1972.3.13.

동아일보 1970.3.17.

매일경제 1972.3.13.

매일신보 1933.11.8.

동아일보 1939.6.9.

경향신문 1987.7.1.

동아일보 1962.8.18.

경인일보, 2011.8.30.

국제신문, 국립해양생물자원관 순비기나무 추출물 활용한 천연화장품 시제품 제작, 2019.8.22.

제주도민일보, 제주해녀 애환 스며든 순비기나무, 2021. 7. 26.